Deseo

LA NOCHE DE CENICIENTA

KAREN BOOTH

HARLEQUIN™

Editado por Harlequin Ibérica.
Una división de HarperCollins Ibérica, S.A.
Núñez de Balboa, 56
28001 Madrid

I.S.B.N.: 978-84-687-6643-0
Depósito legal: M-30255-2015
Impresión en CPI (Barcelona)
Fecha impresion para Argentina: 6.6.16
Distribuidor exclusivo para España: LOGISTA
Distribuidor para México: CODIPLYRSA
Distribuidores para Argentina: Interior, DGP, S.A. Alvarado 2118.
Cap. Fed./Buenos Aires y Gran Buenos Aires, VACCARO HNOS.

Capítulo Uno

Las mujeres habían hecho algunas locuras para llegar hasta Adam Langford, pero Melanie Costello iba a por el récord del mundo. Adam observó por la cámara de seguridad cómo cruzaba con el coche por la puerta bajo la lluvia más pertinaz que había visto en los cuatro años que llevaba en su finca de la montaña.

–Que me aspen –murmuró sacudiendo la cabeza.

Resonó un trueno.

Su perro, Jack, le puso el hocico en la mano y gimió.

–Ya lo sé, amigo. Hay que estar loco para conducir hasta aquí con este tiempo.

Se le erizó el vello del brazo. La excitación de volver a ver a Melanie por segunda vez en su vida le tenía un poco descentrado. Un año atrás le había dado la mejor noche de pasión que recordaba, y luego se había marchado por la puerta antes de que él se despertara. Ninguna despedida susurrada al oído, ningún beso. Lo único que le dejó fue un recuerdo del que no podía liberarse y muchas preguntas. La principal era si volvería a hacerle sentir tan vivo de nuevo.

Adam ni siquiera supo su apellido hasta hacía una semana, aunque había intentado averiguarlo por todos los medios cuando ella desapareció. Había hecho falta una pesadilla de proporciones monstruosas para que

Melanie Costello volviera a su vida. Un escándalo que la prensa se negaba a dejar morir. Ahora ella estaba allí para salvarle el trasero de los cotilleos, aunque Adam dudaba que alguien pudiera conseguirlo. Si le hubieran dado aquel trabajo a cualquier otro relaciones públicas, Adam habría encontrado la manera de zafarse. Pero aquella era su oportunidad para intentar conseguir lo imposible. No tenía intención de dejarla pasar. Aunque tampoco quería hacerle saber a Melanie que se acordaba de ella.

Sonó el timbre y Adam se acercó a la chimenea para azuzar los troncos. Se quedó frente a las llamas, mirándolas fijamente mientras apuraba lo que le quedaba de *bourbon*. Sintió una punzada de culpabilidad al saber que Melanie estaba fuera, pero podía esperar para empezar con la renovación de su imagen pública. Ella había tenido mucha prisa por dejarle solo en su cama; así que podía aguardar unos minutos antes de que la hiciera pasar.

Era típico de Melanie Costello terminar lamentando el mejor sexo de su vida. Hasta hacía tan solo una semana, su única noche con Adam Langford era su delicioso secreto, un recuerdo gozoso que le provocaba aleteos en el pecho cada vez que pensaba en ello, y lo hacía con mucha frecuencia. La llamada de teléfono de Roger, el padre de Adam, que le exigió un acuerdo de confidencialidad antes de pronunciar una sola palabra, puso fin a aquello.

Melanie aparcó el coche alquilado en la entrada circular del enorme refugio de montaña de Adam Langford. Escondida en una gigantesca parcela situada en la cima de una montaña a las afueras de Asheville, Carolina del Norte, la mansión rústica de altos techos y arcos rojos estaba iluminada de un modo espectacular contra el cielo de la noche. Melanie se sentía intimidada.

El frío le golpeó en la cara mientras lidiaba con el paraguas y los zapatos le resbalaban por el suelo de adoquín. Llevaba unos tacones de diez centímetros en medio de un monzón. Se arrebujó en el impermeable negro y subió unos escalones de piedra. Las heladas gotas de lluvia le bombardeaban los pies y le ardían las mejillas por el viento. Un relámpago cruzó el cielo. La tormenta era ahora mucho peor que cuando salió del aeropuerto, pero el reto más importante de su carrera como relacione públicas, reconstruir la imagen pública de Adam Langford, no podía esperar.

Subió las escaleras agarrándose al pasamanos, haciendo malabares con el bolso y la bolsa de viaje cargada de libros sobre imagen corporativa. Miró hacia la puerta expectante. Sin duda alguien acudiría rápidamente a abrir para sacarla del frío y la lluvia. Alguien había abierto la puerta. Alguien tenía que estar esperando.

No parecía haber un comité de bienvenida tras la puerta de madera, así que tocó el timbre. Cada segundo que pasaba parecía una eternidad. Los pies se le convirtieron en cubos de hielo y el frío le atravesó el abrigo. «No tiembles».

Imaginarse al propio Adam Langford esperando por ella hacía que estuviera más convencida de que si empezaba a temblar, no pararía. Le surgieron recuerdos, el de una copa de champán, y luego otra mientras observaba a Adam al otro lado de la abarrotada suite del Park Hotel de Madison Avenue. Llevaba una perfecta barba incipiente y un traje gris ajustado que marcaba su esbelta complexión y hacía que Melanie quisiera olvidar todas las lecciones de etiqueta que había aprendido. La fiesta había sido la más importante de Nueva York, y se llevó a cabo para celebrar el lanzamiento de la última aventura de Adam, AdLab, un desarrollador de *software*. El genial, prodigioso y visionario Adam había recibido muchas etiquetas desde que consiguió su fortuna con la página social ChatterBack antes incluso de graduarse *summa cum laude* en la Facultad de Empresariales de Harvard. Melanie había conseguido una invitación con la esperanza de contactar con potenciales clientes. Pero lo último que imaginó fue que acabaría yéndose con el hombre del momento, que tenía que añadir una etiqueta más importante a su currículum: la de reconocido mujeriego.

Adam fue muy delicado en el acercamiento, primero provocó fuego con el contacto visual antes de cruzar la abarrotada estancia. Cuando llegó a ella, la idea de presentarse resultaba absurda. Todo el mundo sabía quién. Melanie era una completa desconocida, así que Adam le preguntó su nombre y ella respondió que se llamaba Mel. Nadie la llamaba Mel.

Adam le estrechó la mano y la retuvo unos instantes mientras comentaba que ella era la más destacable de la fiesta. Melanie se sonrojó y fue inmediatamente abducida por el torbellino de Adam Langford, un lugar donde reinaban las miradas sensuales y las bromas inteligentes. Lo siguiente que supo fue que estaban en la parte de atrás de su limusina camino del ático de Adam mientras él le deslizaba sabiamente la mano bajo el vestido y le recorría el cuello con los labios.

Ahora que iba a estar otra vez en presencia del hombre que la había electrificado de la cabeza a los pies, un hombre que provenía de una familia rica de Manhattan y a quien no le faltaban ni dinero, ni belleza ni inteligencia, Melanie no podía evitar sentirse inquieta. Si Adam la reconocía, la «absoluta discreción» que su padre exigía saldría volando por la ventana. No había nada de discreto en acostarse con el hombre al que tenía que cambiar la imagen pública de chico malo. La reputación de Adam de tener aventuras de una noche había contribuido sin duda al escándalo de la prensa. Melanie se estremeció al pensarlo. Adam había sido la única aventura de una noche de toda su vida.

Le parecía de mala educación volver a llamar al timbre por segunda vez, pero se estaba congelando. Cuanto antes terminaran Adam y ella la primera parte del trabajo aquella noche, antes estaría en pijama, calentita y cómoda bajo el edredón de su hotel. Volvió a pulsar el timbre justo cuando se descorría el cerrojo.

Adam Langford abrió la puerta vestido con una camisa de cuadros blancos y azules y las mangas subidas, mostrando los musculosos antebrazos. Unos vaqueros completaban el conjunto.

–¿La señorita Costello, supongo? Me sorprende que haya logrado llegar. ¿Tomó usted una canoa en el aeropuerto? –mantuvo la puerta abierta con una mano mientras se pasaba la otra por el pelo castaño.

Ella se rio nerviosa.

–Opté por un hidrodeslizador.

A Melanie le latía el corazón con fuerza contra el

pecho. Los ojos azules y fríos de Adam, bordeados por unas pestañas negrísimas, la hacían sentirse expuesta y desnuda.

Él sonrió y la invitó a entrar con una inclinación de cabeza.

–Siento haberla hecho esperar. Tuve que meter a mi perro en la habitación. Si no la conoce se lanzará sobre usted.

Melanie apartó la mirada. No podía seguir sosteniendo la suya. Extendió la mano.

–Me alegro de verle, señor Langford.

Se contuvo para no decir «me alegro de conocerle», porque eso habría sido una mentira. Cuando aceptó aquel trabajo, pensó que Adam conocía a muchísimas mujeres. ¿Cómo iba a recordarlas a todas? Además, se había cortado un poco el pelo y había pasado del rubio apagado al dorado desde su encuentro.

–Llámame Adam, por favor –Adam cerró la puerta, dejando por suerte el frío atrás–. ¿Tuviste problemas para encontrar este sitio bajo la lluvia?

Adam la estaba tratando con la educación reservada a los desconocidos, y por primera vez desde que le abrió la puerta, Melanie sintió que podía respirar. «No me recuerda». Tal vez podía volver a mirarle a los ojos.

–Oh, no, ningún problema.

La complejidad de sus ojos la dejó paralizada, atrapada en el recuerdo de lo que había sentido la primera vez que la miró, cuando parecía decirle que lo único que quería era estar con ella.

–Por favor, dame el abrigo.

–Ah, sí. Gracias –Melanie se desabrochó con cierta

ansiedad los botones y se quitó el abrigo–. ¿No tienes servicio aquí en la montaña?

Adam le colgó el abrigo en el armario y ella se tomó un segundo para pasarse las manos por los pantalones de vestir negros y retocarse la blusa de seda gris.

–Tengo ama de llaves y cocinera, pero las envíe a casa hace horas. No quería que salieran a carretera en estas condiciones.

–Sé que llego unas horas tarde, pero tenemos que ajustarnos al programa. Si esta noche acabamos con el plan de los medios, mañana podemos dedicar el día entero a la preparación de las entrevistas –Melanie agarró la bolsa y sacó los libros que había llevado.

Adam dejó escapar un suspiro y los agarró.

–Elaborar una imagen para el mundo corporativo. ¿En serio? ¿La gente lee esto?

–Es un libro fabuloso.

–Parece apasionante –Adam sacudió la cabeza–. Vayamos al salón. Me vendría bien una copa.

Adam la guio por el pasillo hasta una enorme sala con vigas de madera en el techo. Había una zona de estar con sillones de cuero tenuemente iluminada por una lámpara de araña y el fuego de la chimenea. En la pared del fondo, los ventanales parecían vivos con las gotas de lluvia que caían.

–Tienes una casa impresionante. Entiendo que hayas venido hasta aquí para escapar.

–Me encanta Nueva York, pero no hay nada como la paz y el aire de las montañas. Es uno de los pocos lugares en los que puedo darme un respiro del trabajo –Adam se frotó el cuello–. Aunque al parecer, el trabajo se las ha arreglado para dar conmigo.

Melanie forzó una sonrisa.

—No te lo tomes como un trabajo. Vamos a solucionar un problema.

—No quiero insultar tu profesión, pero ¿no es un poco cansado pasarte el día preocupándote por lo que piensan los demás? ¿Moldeando la opinión pública? No sé para qué te molestas. Los medios dicen lo que quieren. No les importa nada la verdad.

—Yo lo veo como pelear fuego contra fuego —ella sabía que Adam iba a ser un caso difícil. Odiaba a la prensa, lo que convertía el escándalo ahora llamado «de la princesa juerguista» en algo mucho más complicado.

—Sinceramente, todo este asunto me parece una monumental pérdida de dinero, porque estoy seguro de que mi padre te está pagando mucho por esto.

«Menos mal que no querías insultar mi profesión». Melanie apretó los labios.

—Tu padre me paga bien. Eso debería indicarte lo importante que es esto para él.

Por mucho que le molestara el comentario de Adam, el anticipo que le había dado su padre era superior a lo que ganaría en aquel mes con los demás clientes. Relaciones Públicas Costello estaba creciendo, pero tal y como había comentado Adam, era un negocio basado en las apariencias. Eso implicaba una oficina elegante y un guardarropa impecable, y eso no resultaba barato.

Se escuchó un ladrido al otro lado de la puerta.

Adam miró atrás.

—¿Te gustan los perros? Lo he dejado en el zaguán, pero a él le gusta estar donde está la acción.

–Claro –Melanie dejó las cosas en una mesita auxiliar–. ¿Cómo se llama tu perro?

Ya conocía la respuesta, y también que el perro de Adam era enorme y cariñoso, un cruce de mastín y gran danés.

–Se llama Jack. Tengo que advertirte de que impone un poco, pero cuando se acostumbre a ti ya no pasará nada. El primer encuentro es siempre el más difícil.

Jack volvió a ladrar. Adam abrió la puerta. El perro pasó a toda prisa por delante de él en dirección a Melanie.

–¡Jack, no! –gritó él, pero no hizo amago de detenerlo.

Jack se acercó a Melanie y empezó a lamerle la mano mientras agitaba la cola.

No había contado con que el perro de Adam revelara su pasado común.

–Es muy amigable.

Adam entornó los ojos.

–Esto es muy extraño. Nunca había hecho eso con alguien que no conociera. Nunca.

Melanie se encogió de hombros, apartó la mirada y acarició al animal detrás de las orejas.

–Tal vez haya presentido que me gustan los perros.

«O tal vez Jack y yo estuvimos juntos en tu cocina antes de que me marchara de tu apartamento en mitad de la noche».

Lo único que escuchó Melanie eran los jadeos de Jack cuando Adam se le acercó más, sin duda observándola. Se puso tan nerviosa que tuvo que decir algo.

–Deberíamos empezar. Seguramente tardaré bastante en regresar al hotel.

–Todavía no entiendo cómo conseguiste llegar hasta arriba de la montaña, pero no vas a regresar pronto –Adam señaló los ventanales con la cabeza. El agua caía en ráfagas laterales–. Dicen que hay pequeñas riadas a los pies de la colina.

–Soy una buena conductora. No me pasará nada.

–No hay coche que pueda superar una riada. Tengo espacio de sobra para que te quedes. Insisto.

Quedarse era el problema. Cada momento que Adam y ella pasaban juntos era otra oportunidad para que él la recordara, y entonces tendría que darle muchas explicaciones. Tal vez aquella no fuera una gran idea, pero no tenía opción.

–Eso supondría una cosa menos de la que preocuparme. Gracias.

–Te acompañaré a uno de los cuartos de invitados.

–Preferiría que nos pusiéramos a trabajar. Así podría acostarme pronto y empezar fresca por la mañana –sacó un par de carpetas de la bolsa–. ¿Tienes un despacho en el que podamos trabajar?

–Estaba pensando en la cocina. Abriré una botella de vino –Adam se acercó a la isla de la cocina y sacó unas copas de vino del armarito que había debajo.

Melanie dejó el material sobre la isla de mármol del centro y tomó asiento en uno de los altos taburetes de bar.

–No debo, pero gracias –abrió una de las carpetas y dejó la otra en el taburete de al lado.

–Tú te lo pierdes. Es un Chianti de una bodega muy pequeña de la Toscana. No puedes conseguir este vino en ningún sitio que no sea en el salón del dueño del viñedo –Adam se dispuso a abrir la botella.

Melanie cerró los ojos y rezó para pedir fuerzas. Beber vino con Adam le había llevado una vez a un camino que no quería volver a pisar.

–Probaré un poco –le detuvo cuando le llenó la mitad de la copa–. Gracias. Así está perfecto.

El primer sorbo que dio le provocó una oleada de calor por todo el cuerpo. Una reacción negativa teniendo en cuanta con quién estaba bebiendo.

Jack se acercó a ella y le colocó la enorme cabeza en el regazo.

Adam dejó la copa y frunció el ceño.

–Hay algo en ti que me resulta muy familiar.

Capítulo Dos

–La gente dice que tengo un rostro muy común –la voz de Melanie tenía un tono nervioso. Se dio la vuelta y prácticamente hundió la cara en la carpeta.

Adam se consideraba un experto en descifrar el mensaje oculto en las palabras de una mujer, sobre todo en el arte del despiste. «No puedo creer que vaya a intentar ocultarlo».

–¿Has trabajado alguna vez para mí?

Ella se encogió de hombros y clavó la mirada en su agenda.

–Me acordaría.

Había llegado el momento de subir la temperatura.

–¿Hemos tenido una cita?

Melanie vaciló.

–No, no hemos tenido ninguna cita –señaló con el dedo una página de la agenda–. Entonces, las entrevistas…

Adam se acercó y observó la página. Se perdió en la confusión de nombres de publicaciones.

–No me extraña que mi asistente entrara en pánico esta tarde –pasó las páginas–. Normalmente trabajo dieciocho horas al día. ¿Cuándo se supone que voy a encontrar tiempo para esto?

–Tu asistente dijo que te reorganizaría la agenda. La mayoría de las fotos y las entrevistas se harán en tu casa o en la oficina. Yo me aseguraré de que tengas todo lo que necesitas.

En aquel momento, lo que más necesitaba era buscar consuelo en un segundo *bourbon* en cuanto acabara con el Chianti. Continuar con aquella farsa no le apetecía nada, y la negativa de Melanie a reconocer su pasado común le resultaba muy frustrante. Necesitaba una respuesta para la pregunta que le había rondado la cabeza durante el año pasado. ¿Cómo podía una mujer compartir una noche tan extraordinaria de pasión con él y luego desaparecer?

—Por el momento, la entrevista más importante es la de la revista *Metropolitan Style* —continuó Melanie—. Van a hacer también fotos en tu casa. Voy a llevar a un decorador para asegurarme de que el ambiente sea perfecto para las fotos. Jack tendrá que ir a la peluquería, pero yo me ocupo de eso.

—Jack odia a los peluqueros. Tendrás que contratar al suyo, pero siempre tiene todas las horas reservadas semanas antes.

—Haré lo que pueda, pero si no está disponible tendré que contratar a alguien. Jack es importante. A la gente le encantan los perros.

—¿Cómo sabías que tenía perro?

Melanie se aclaró la garganta,

—Se lo pregunté a tu asistente.

Tenía una respuesta evasiva para todo.

—Y si no hubiera tenido perro, ¿qué habrías hecho?

—Hago todo lo que sea necesario para que mis clientes den una buena imagen.

—Pero todo es mentira. Las mentiras se acaban descubriendo.

Melanie dejó el bolígrafo y aspiró con fuerza el aire. Se subió las mangas de la blusa con gesto decidido.

–El decorador es una pérdida de tiempo –aseguró Adam–. Mi apartamento está perfecto.

–Tenemos que hacer que parezca un hogar en las fotos, no la guarida de un soltero.

Adam vio allí su oportunidad. Ella sabía cómo era su apartamento, porque la había seducido allí.

–Entonces tendré que librarme de la colección de etiquetas de cerveza de neón, ¿verdad? Están por todas partes –no tenía semejante cosa, pero no vaciló en inventárselo para pillarla.

Melanie apretó los labios.

–Ya hablaremos de eso más tarde –afirmó con tono frustrado.

–No, quiero solucionarlo ahora –Adam estaba dispuesto a pasarse horas inventando tonterías–. Hay grifos de cerveza en la cocina, y necesito saber si van a fotografiar mi dormitorio. Tengo una cama redonda.

–Eso es ridículo.

–Muchos hombres tienen camas de ese estilo.

–Pero tú no –le espetó ella.

Se quedó pálida.

–¿Tú cómo lo sabes? –le preguntó.

Melanie se puso más recta en la silla y trató de recomponerse.

–Eh…

–Estoy esperando.

–¿Qué esperas exactamente?

–Estoy esperando a oír la verdadera razón por la que sabes que tengo perro y cómo es mi apartamento. Estoy esperando a que lo digas, Mel.

Melanie dejó caer los hombros.

—Te acuerdas de mí.

—Por supuesto. Yo nunca olvido a una mujer. Te has cambiado el pelo.

A ella se le aceleró el pulso.

—Sí, me lo he cortado.

—Y el color es diferente. Lo recuerdo extendido en la almohada de mi cama —Adam se puso de pie y volvió a la isla de la cocina para llenarse la copa. Al parecer estaba enfadado, porque a ella no le ofreció más—. ¿De verdad no te pareció un problema aceptar este trabajo sabiendo que nos habíamos acostado? Supongo que eso no se lo contarías a mi padre.

Adam tenía toda la razón, pero necesitaba el dinero. Su antiguo socio se había marchado dejándola a cargo de un crédito astronómico. La peor parte era que también fue su novio, y que se había ido porque se enamoró de una de las clientas.

—Espero que podamos ser discretos con esto. Creo que es mejor reconocer que fue algo puntual y no permitir que afecte a nuestra relación laboral.

—¿Algo puntual? ¿Eso fue? No me pareces una mujer que vaya por Manhattan yéndose con hombres que no conoce. ¿Y qué hay del contrato que te hizo firmar mi padre, la cláusula de no confraternizar con el cliente?

—Eso es exactamente por lo que pensé que sería mejor ignorar nuestro pasado. Necesito este trabajo y tú necesitas limpiar tu imagen. Los dos salimos ganando.

—Así que necesitas el trabajo. Esto es una cuestión de dinero.

—Sí, lo necesito. Tu padre es un hombre muy poderoso y esto será un gran impulso para mi empresa.

–¿Y si te digo que yo no quiero hacer esto?

Melanie tragó saliva. Adam no paraba de ponerle obstáculos en el camino.

–Mira, entiendo que estés enfadado. El escándalo es terrible y yo no he mejorado las cosas al confiar en que no me reconocerías. Ha sido una estupidez por mi parte y lo siento. Pero si estás buscando una razón para seguir con esto, solo tienes que pensar en tu padre. No solo está preocupado por su empresa y la reputación de su familia, sino por ti. No quiere que tu talento quede ensombrecido por las historias de los periódicos sensacionalistas.

Se hizo el silencio. Adam parecía estar reflexionando.

–Te agradezco las disculpas.

–Gracias por aceptarlas –Melanie aspiró con fuerza el aire y deseó haber puesto fin a la situación.

Entonces se volvió a hacer el silencio y a Melanie le rugió tanto el estómago que Adam abrió los ojos de par en par.

–Ese ruido es muy inquietante –se dirigió a la nevera y sacó un cuenco tapado–. Mi cocinera hizo una salsa marinera antes de irse. Solo me llevará unos minutos hacer una pasta.

–Déjame ayudarte –le pidió ella. Deseaba desesperadamente hacer algo para distraerse.

–¿Ayudarme a qué? ¿A poner agua a hervir? –Adam llenó una cacerola alta con agua y la puso en la vitrocerámica de seis fuegos–. Podría haberte preparado mis famosos huevos revueltos si aquella noche no te hubieras marchado a escondidas como Cenicienta.

Aquel hombre no tenía miedo a tocar temas incómodos. ¿Qué se suponía que debía decir ella?

–¿No tienes nada que decir, Cenicienta?

–Lo siento –Melanie se aclaró la garganta–. No podía quedarme.

Adam echó la salsa en una sartén y sacudió la cabeza.

–Esa es una excusa terrible.

Excusa o no, no podía quedarse de ninguna manera. No podría haber soportado el rechazo de Adam a la mañana siguiente. Oírle decir que la llamaría cuando sabía que no lo haría. Ya había sufrido un menosprecio doloroso aquel mes, y del hombre con el que creía que se casaría.

–Lo siento, pero es la verdad.

Salía vapor de la cacerola, y el aroma de la salsa inundaba el aire. Adam echó la pasta fresca en el agua.

–Solo me pregunto por qué no te quedaste cuando hay una química así con alguien. O al menos despedirte, o dejar una nota. Ni siquiera sabía cómo te apellidabas.

Un momento, ¿había dicho química? Melanie pensaba que había sido solo cosa suya.

Adam clavó la mirada en la suya y entornó los ojos.

–Tal vez algún día me digas la auténtica razón.

No, eso no iba a ocurrir.

Adam agarró las asas de la cacerola con un trapo de cocina y vació el contenido en un colador. Luego vertió la pasta en la sartén con la salsa y la removió con garbo. El hombre más brillante del mundo de los negocios de los últimos tiempos, el hombre que le había dado la mejor noche de pasión de su vida, estaba cocinando para ella.

Adam dividió la pasta en dos cuencos y puso queso parmesano rallado por encima. Dejó uno de los cuencos delante de ella y le volvió a llenar la copa de vino antes de hacer lo mismo con la suya.

—Salud —dijo sentándose a su lado y entrechocando las copas.

—Gracias. Esto tiene un aspecto increíble —comió un poco y luego se limpió la boca con la servilleta—. Está delicioso. Bueno, ahora que hemos arreglado las cosas, ¿te parece bien que empecemos a trabajar mañana? Necesitamos enterrar el escándalo de la princesa juerguista.

—¿No podemos sencillamente ignorarlo? Si nos ponemos a la defensiva, ¿no estaremos alimentando el fuego?

—Si tuviéramos un año o más, eso podría funcionar. Pero con la enfermedad de tu padre, no contamos con ese tiempo. Siento decirlo así.

Adam dejó escapar un suspiro y puso el tenedor en la mesa. Melanie sintió lástima por él. No podía ni imaginar por lo que estaría pasando al encontrarse a punto de ascender al puesto con el que soñaba desde niño debido al cáncer terminal de su padre.

—Sí. Me lo contó en secreto. Creo que necesitaba que entendiera lo urgente que es esto. Es crucial que la junta de directores te vea bajo una mejor luz y así aprueben tu candidatura a la presidencia. El escándalo tiene que ser un recuerdo distante cuando se anuncie formalmente la sucesión en la gala de la empresa. Y para eso solo faltan unas semanas.

—La junta de directores. Buena suerte —Adam sacudió la cabeza. En aquel momento le sonó el móvil—. Lo siento, tengo que contestar.

Adam se levantó del asiento y se acercó a la zona

del salón. Melanie agradeció el descanso. Aunque él cooperara, la presión de cambiar la percepción de la gente en el plazo de un mes resultaba monumental. No estaba muy segura de poder conseguirlo, pero tenía que hacerlo.

–Lo siento –dijo Adam colgando–. Problemas con el lanzamiento de la nueva aplicación.

–No te disculpes, lo entiendo –Melanie se puso de pie y llevó el plato al fregadero. Lo enjuagó antes de meterlo en el lavaplatos–. Tú termina de cenar. Yo voy a buscar mi maleta y a descansar un poco. Si me dices dónde está la habitación de invitados…

–Llámame anticuado, pero creo que ninguna mujer debería salir a la lluvia a buscar una maleta. Yo lo haré –alzó un dedo al ver que ella iba a protestar–. Insisto.

Melanie vio desde el umbral cómo salía al viento y a la lluvia sin chaqueta. Cuando volvió a entrar tenía el pelo y la camisa empapados.

–Tu habitación está arriba. La segunda puerta a la derecha.

Adam fue tras ellas mientras subía por la enorme escalera.

–¿Esta? –preguntó Melanie asomando la cabeza dentro.

Adam pasó por delante de ella y encendió la luz, iluminando un dormitorio equipado con una preciosa cama de matrimonio, chimenea de piedra y su propia zona de estar.

–Espero que estés a gusto aquí –Adam entró y puso la maleta sobre un soporte al lado de una preciosa cómoda.

–Es perfecto –Melanie se giró para mirarle, su pre-

sencia física ejercía sobre ella una influencia injustifi-
cada. Su cerebro no tenía muy claro cómo reaccionar a
su amabilidad, pero su cuerpo sabía perfectamente lo
que pensaba. Volvió a sentir un aleteo en el pecho–.
Gracias por todo. Por la habitación. Por subirme la maleta.

–Siento decepcionarte, pero no soy el sinvergüenza
que el mundo cree que soy –pasó por delante de ella y
se detuvo en el umbral.

Melanie no estaba muy segura de cómo era Adam,
de dónde estaba realmente la verdad. Tal vez lo averi-
guara aquel fin de semana. O tal vez nunca.

–Eso está bien. Eso hará que sea mucho más sencillo mostrarle al mundo la mejor parte de Adam Langford.

Una sonrisa pícara le cruzó el rostro a Adam.

–Me has visto desnudo, así que sabes perfectamente cuál es mi mejor parte.

Melanie sintió que le ardían las mejillas.

–Buenas noches –dijo Adam dándose la vuelta para
marcharse.

Melanie estaba sentada en la cama, medio dormida,
con la suave colcha subida hasta el pecho. La noche
anterior no había salido según sus planes, pero en muchos sentidos, era un alivio que todo hubiera salido a la
luz.

Había tardado muchas horas en dormirse. Que
Adam le recordara que le había visto desnudo había
servido para afianzarla en su idea de descubrir cuál era
su mejor parte.

Lástima que no pudiera volver a verle así.

Retiró las sábanas y miró hacia fuera, hacia el terreno que rodeaba la casa. Un arroyo discurría entre los arreglados jardines y los altos pinos enmarcaban la visión de las montañas que había atrás. Era un nuevo día, la tormenta quedaba atrás. Hora de empezar de cero.

Sacó la bolsa de maquillaje y se dirigió al bonito baño de invitados. Tras una ducha rápida, se puso base de maquillaje y un antiojeras para ocultar la falta de sueño. Un toque de colorete, raya de ojos y rímel. Arreglada, pero no demasiado.

Remató con un poco de brillo de labios en tono melocotón y luego se atusó el pelo con el corte estilo Campanilla. Cortárselo y cambiarse el color para olvidarse de su mentiroso ex había sido una medida drástica, pero no había funcionado. Todavía no había superado que Josh se hubiera ido con otra mujer, dejándola a ella cargando con el crédito. No, tal vez pareciera distinta por fuera, pero por dentro era la misma Melanie, herida, solitaria y también decidida a no abandonar nunca.

Se puso una camiseta blanca, chaqueta negra y vaqueros ajustados. Se calzó unas bailarinas planas y corrió escaleras abajo. De la cocina salía el olor a café, y se sentía llena de vigor y renovada. Entonces vio a Adam.

No estaba preparada para ver su pecho desnudo. Ni su vientre desnudo. Ni el estrecho filo de vello bajo su ombligo. Ni ver su cuerpo perlado por el sudor.

–Buenos días –Adam estaba en la cocina consultando el teléfono–. He preparado café. Déjame servirte una taza –se dio la vuelta, abrió un armarito y sacó una taza. Un comportamiento muy educado mientras mostraba los esculpidos contornos de los hombros y los definidos músculos de la espalda–. ¿Azúcar? ¿Leche?

–Las dos cosas, por favor –Melanie sacudió la cabeza para intentar pensar con claridad–. Yo lo haré.

–Sírvete tú misma. ¿Has dormido bien?

Melanie se sirvió el azúcar y centró la atención en la humeante taza de café.

–Sí, gracias. Estoy lista para trabajar cuando tú digas. Hoy tienes mucho que hacer.

–Ya he entrenado.

–Ya lo veo –Melanie se dio la vuelta, pero incluso una fracción de segundo era demasiado tiempo para mirar a Adam en aquel momento. Desvió la mirada por toda la cocina, desesperada por encontrar algo desagradable que mirar.

–¿Pasa algo?

–No. Pero… ¿no podrías ponerte una camiseta?

–¿Por qué? ¿Te molesta? No puedo evitar tener calor –Adam sonrió y se pasó una mano por el vientre liso y desnudo.

–Es un poco difícil mantener el tono profesional si te paseas por la casa medio desnudo. Además, ¿no es de buena educación ponerse una camisa para desayunar?

–Así es. Mi padre siempre me obligaba a ponérmela cuando era niño. También me dijo que usara hilo dental a diario y que me cambiara de calzoncillos. Hoy he hecho dos de tres. Nadie es perfecto.

Sabía lo que estaba haciendo. La estaba volviendo loca porque podía.

–Mira, tenemos muchísimo trabajo. Te sugiero que te des una ducha para que podamos empezar.

–Sería más rápido si alguien me enjabonara la espalda.

–Adam, por favor. ¿Recuerdas el contrato que firmé? Nada de relaciones personales. Yo me tomo estas cosas muy en serio y sé que tu padre también.

–Eh, eres tú quien ha sugerido lo de la ducha, no yo.

Melanie dejó escapar un suspiro de desesperación.

–Las cosas serían más fáciles si colaboras. ¿Por qué tienes que hacer bromas de todo?

–Porque es sábado y trabajo como un burro toda la semana. Preferiría leer un libro o ver un partido que practicar preguntas y respuestas para una entrevista.

–Sé que odias esto, pero tenemos que poner fin al escándalo –sonó el teléfono de Melanie–. Disculpa, tengo que mirar esto –el mensaje no era una buena noticia–. Ha salido algo nuevo en los periódicos esta mañana. Un reportero ha conseguido una entrevista con tu exprometida. Por eso me tienes que dejar hacer mi trabajo.

Adam se desató las zapatillas de deporte mientras sostenía el móvil entre la oreja y el hombro. Su madre respondió enseguida.

–Hola, mamá. ¿Está papá por ahí?

–¿No quieres hablar conmigo?

–Claro que sí, pero quería saber qué tal está papá –se quitó los calcetines y los lanzó al cubo de la ropa sucia.

–Tu padre está bien. Le controlo las llamadas. Si no lo hago contesta llamadas del trabajo durante todo el fin de semana y nunca descansa. Y lo necesita.

–¿Está cansado ahora?

–Sí. Los viernes es el peor día. No sé por qué sigue empeñado en ir a LangTel todos los días.

LangTel era la operadora telefónica que su padre había fundado en los años setenta. Adam creció como su heredero, pero cuando fue a Harvard se dio cuenta de que nunca estaría contento asumiendo el imperio de otra persona. Quería construir el suyo propio, y por eso precisamente fundó su primera empresa cuando todavía estaba en el instituto. Consiguió su primera fortuna antes de cumplir los veinticuatro. Pero de todas formas, cuando sus padres le pidieron que se ocupara de LangTel entre bastidores tras la enfermedad de su padre, cumplió con su deber familiar. En aquel entonces no estaba muy claro el diagnóstico de Roger Langford y no querían que pareciera débil por temor a una caída bursátil de la empresa.

Se suponía que solo iba a ser un ensayo, y Adam lo pasó con nota, pero fue el peor año de su vida al tener que preparar el lanzamiento de su empresa mientras dirigía LangTel. El momento no podía ser peor, justo después de que su prometida acabara con su relación de dos años.

–En algún momento –continuó Adam–, vamos a tener que decirle al mundo que su cáncer es peor de lo que todos creen.

–Estoy de acuerdo, pero tu padre no quiere decir ni una palabra hasta que tú hayas solucionado las cosas con la prensa.

Su madre no fue capaz de pronunciar la palabra «escándalo» y Adam se lo agradeció. Al menos solo se había tratado de unas fotografías que alguien infiltró y no algo peor, como un vídeo sexual. Adam miró el reloj que estaba encima de la cómoda. Eran casi las nueve y media y Melanie había dejado claro que estaba lista para ponerse a trabajar.

Se quitó los pantalones cortos y los calzoncillos y los lanzó hacia la cesta.

—Hablaré con papá de esto cuando vuelva a la ciudad. Tal vez pueda regresar el domingo por la tarde.

—Pero asegúrate de llamar primero. Todavía hay fotógrafos acampados en la puerta de tu edificio. Tal vez tengas que entrar por la puerta de servicio.

—De acuerdo —Adam se puso el albornoz .

—Si quieres quedarte a cenar podemos invitar a tu hermana también. A tu padre le encantaría.

—Eso suena estupendo. Anna y yo podemos intentar convencer a papá para que se piense mejor lo de la sucesión de LangTel. Los dos sabemos que ella haría un trabajo increíble.

Centraba su atención en que su padre le diera a su hermana la oportunidad que quería y merecía.

—Tu padre nunca dejará que tu hermana dirija la empresa. Quiere que Anna se ocupe de un marido, no que se siente en una junta directiva.

—¿Por qué no puede hacer ambas cosas?

—Estoy a punto de perder a tu padre, ¿y ahora no quieres que tenga nietos? Tú no tendrás hijos hasta que encuentres a la mujer adecuada, y Dios sabe cuándo ocurrirá eso.

Ya estaba otra vez.

—Mira, mamá, tengo que irme. Tengo una invitada en casa y necesito darme una ducha —entró en el baño.

—¿Una invitada?

Adam abrió el grifo.

–Sí, Melanie Costello, la mujer que papá ha contratado para esta inútil campaña de relaciones públicas.

–No es inútil. Tenemos que preservar el legado de tu padre. Cuando él no esté tú serás el cabeza de familia. Es importante que seas reconocido por tu talento, no por las mujeres de las que te rodeas.

Adam suspiró. No le gustaba que su madre le viera de aquel modo.

–Y dime, ¿es guapa?

Adam no pudo evitar reírse.

–Mamá, esto no es una cita. Es trabajo. Nada más –los espejos del baño empezaron a empañarse–. Tengo que irme. Dile a papá que me llame si puede. Estoy preocupado por él.

Adam se despidió y dejó el móvil sobre la cómoda de mármol. Dejó caer el albornoz al suelo y se metió bajo la ducha, deseando que el agua caliente se llevara su preocupación por su padre aunque solo fuera durante un instante.

Por muy desgarradora que fuera la enfermedad de su padre, no podía hacer nada al respecto excepto asegurarse de que sus últimos meses fueran felices. Esa era una de las razones por las que Adam había accedido a la campaña de relaciones públicas. Con lo que no contaba era con Melanie.

Capítulo Tres

—¿Has visto mis carpetas? —preguntó Melanie mirando detrás de los cojines del salón.

Adam, que estaba ocupándose del fuego, se incorporó y se sacudió las perneras de sus impecables vaqueros mientras negaba con la cabeza.

Melanie siguió rebuscando y por fin las vio detrás de una de las butacas de cuero.

—¿Se las has dado a Jack para que se las comiera?

—¿Eh? Claro que no. Si las dejaste en la mesita, las habrá agarrado. Solo tiene tres años, mastica todo lo que se encuentra.

Melanie pasó las hojas de sus agendas. Una tenía la marca de los enormes dientes en las esquinas, y la otra tenía el lomo retorcido.

—Espero que haya disfrutado de su aperitivo. Bueno, deberíamos centrarnos en la preparación de las entrevistas. Vas a necesitar ayuda.

—No lo dirás en serio. Soy imperturbable —Adam tomó asiento en el sofá y se pasó las manos por el pelo.

—De acuerdo, señor imperturbable —Melanie se sentó frente a él—. Haremos una entrevista falsa y veremos cómo te desenvuelves.

—Bien. De acuerdo.

Melanie estaba al tanto de las técnicas que los periodistas usarían para ponerle nervioso.

–Señor Langford, hábleme de aquella noche de febrero con Portia Winfield.

Adam sonrió como si estuvieran jugando.

–De acuerdo. Salí y me encontré con Portia. Nos habíamos conocido unos meses antes en una fiesta. Bebimos demasiado.

–No digas cuánto bebiste. Te hace quedar mal.

–¿Por qué? Este es un país libre.

–No digas nunca que este es un país libre. Es una excusa para hacer lo que te venga en gana sin atenerte a las consecuencias. Vamos, inténtalo otra vez –lo animó, ignorando su gesto torcido–. Háblame de aquella noche de febrero.

–Ya te he contestado con la verdad. Ahora no sé ni por dónde empezar.

–Esos periodistas son expertos en el arte de confundir a la gente. Quieren que digas algo vergonzoso o que te vengas abajo. Quieren algo jugoso. Tu trabajo es controlar la conversación. Hacer que el escándalo parezca exactamente lo que tú quieres.

–¿Y qué quiero que parezca?

–Dímelo tú –Melanie jugueteó con el bolígrafo sin apartar la vista de él.

–No fui a la discoteca con ella. Me la encontré.

–Eso hace que parezca que estabas allí para ligarte a alguna mujer. Céntrate en lo positivo.

Adam apretó los labios.

–Había estado trabajando como un loco en un nuevo proyecto y necesitaba soltar un poco de presión.

–Lo siento, pero eso tampoco funciona. Lo del trabajo está bien, pero soltar presión hace que parezcas un hombre que utiliza el alcohol para divertirse.

–Claro, así es –Adam se reclinó sobre los cojines–. Creo que no voy a poder hacer esto, ¿sabes? Mi cerebro no funciona así. La gente me hace una pregunta, yo contesto y sigo adelante.

–Sé que esto es difícil, pero lo conseguirás. Te lo prometo. Solo hace falta endulzar un poco tus respuestas.

–¿Por qué no me demuestras a qué te refieres? En caso contrario vamos a quedarnos aquí sentados durante días.

–De acuerdo. En primer lugar tienes que dejar claro cómo empezó tu relación con la señorita Winfield. Algo tipo: «Conozco a Portia Winfield desde hace unos meses y somos amigos. Es una mujer encantadora, con gran conversación».

Adam alzó una ceja y sonrió.

–Tú ya sabes que no es la herramienta más afilada del cobertizo, ¿verdad?

–Lo único que he dicho es que es divertida y habla mucho.

Una expresión de admiración cruzó el rostro de Adam.

–Continúa.

Melanie se pensó lo que iba a decir a continuación. No le gustaba la idea de que Adam estuviera con otra mujer. Sentir eso era irracional. No tenía ningún derecho sobre él, y la reputación de Adam sugería que podía estar con cualquier mujer que quisiera. El año anterior tuvo un breve romance con la actriz Julia Keys justo después de que ella fuera elegida la mujer más bella del mundo. Melanie recordaba muy bien que ella estaba en la cola del supermercado, viendo la cara perfecta de Julia en la portada de la revista y sintiendo envidia al saber que la actriz salía con el hombre que ella solo pudo tener una noche.

–Podrías decir que os tomasteis una copa juntos –dijo Melanie volviendo al momento.

–Fueron más de tres, y ella ya iba cargada cuando nos vimos.

–Pero es cierto que en algún momento de la noche os tomasteis una copa, ¿verdad?

–Claro.

–Ahí lo tienes.

Adam sonrió.

–Sigue, por favor.

–Ahí es donde me atasco, porque no entiendo cómo acabasteis besándoos y ella con el vestido metido en la cinturilla de las braguitas. Las famosas braguitas desaparecidas.

Adam suspiró y sacudió la cabeza.

–¿Tienes idea de lo estúpida que es toda esta historia?

–Vas a tener que describírmelo.

Adam se cruzó de brazos sobre el pecho.

–La besé, y fue algo más que un piquito en la boca. Eso es cierto. Pero enseguida me di cuenta de lo borracha que estaba. No iba a ir más allá. No sabía que le estaba enseñando el trasero a todo el bar. Acababa de salir del baño. Y tampoco sabía que alguien estaba tomando fotos con el móvil.

A Melanie se le había enganchado más de una vez la falda en la cinturilla de la braguitas por accidente, así que sabía que era una explicación plausible.

–¿Y luego qué? –sentía curiosidad a pesar de que la historia la hacía sentir un tanto incómoda.

—Le dije que me parecía buena idea acompañarla al coche para que el chófer la llevara a casa. Me senté en un taburete mientras ella volvía al baño. La acompañé fuera, pero ella apenas podía andar y se agarraba a mí. Se le cayó el móvil en la acera, se agachó para recogerlo pero yo seguía rodeándola con el brazo. Ahí fue cuando le enseñó a todo el mundo su... ya sabes.

—Ah, sí. La imagen que ha provocado un millón de bromas en Internet.

—Te digo que yo no tenía ni idea.

—Y a partir de ahí, todo el mundo dio por hecho que tú le quitaste las braguitas en la discoteca.

—Sí, pero eso no fue lo que pasó. No tengo ni idea de qué hizo con ellas ni por qué se las quitó. Yo estaba intentando portarme bien.

—La realidad es que a la prensa le encanta pillar a los famosos haciendo tonterías, pero la mala publicidad no le afecta a ella como te afecta a ti. Lo único que hace ella es pasarse el día dando vueltas en una limusina y yendo de compras. Si acaso, esto la hace más interesante para sus seguidores.

—Nunca debí invitarla a una copa. Ni tampoco besarla.

Melanie casi sintió lástima por él. No había hecho nada malo. Todo había salido mal.

—¿Vas a decirme lo que mi ex dijo en el periódico sobre este escándalo? No creo que pueda leerlo yo mismo.

Melanie se estremeció porque sabía que era algo muy malo. Si su ex hubiera dicho algo tan horrible de ella alguna vez, seguramente se habría muerto.

—No creo que debamos preocuparnos por eso.

—No, quiero saberlo. Cuéntamelo —aseguró Adam con firmeza.

—Recuerda que tú lo pediste —Melanie buscó el artículo en el móvil y aspiró con fuerza el aire—. Dice así: «Me encantaría decir que esto es una sorpresa para mí, pero no lo es. Adam siempre ha sentido gran debilidad por las chicas guapas. No sé si es capaz de tomarse a alguna mujer en serio. Desde luego, creo que no es capaz de amar. Siento lástima por él. Espero que algún día aprenda a estar con una mujer y a entregarse de verdad».

Adam se levantó del sofá de un salto, se acercó a la chimenea y empezó a remover nervioso los troncos.

—Sé que estás enfadado, pero quemar la casa no servirá de nada —dijo Melanie.

—¿Tienes idea de lo doloroso que es esto? ¿Que no soy capaz de amar? Ella era mi prometida. Íbamos a casarnos y a tener hijos.

—Parece que la querías mucho.

—La quería. En pasado —siguió atizando el fuego—. En cuanto me dejó supe que ella nunca me había amado en realidad.

Melanie se preguntó si sería verdad, si Adam supo al instante que aquello no había sido amor. Ella tardó meses en averiguarlo cuando Josh se marchó, y en muchos sentidos, aquello hizo que el dolor fuera peor.

—¿Por qué te dejó? Si no te importa que te pregunte —la curiosidad era demasiado grande.

—Dijo que estaba demasiado centrado en el trabajo —Adam se encogió de hombros—. Si quieres saber mi opinión, creo que se desilusionó al ver que no quería dilapidar la fortuna de los Langford en fiestas y viajes.

Es ridículo. Trabajo duro porque así me criaron. No sé hacerlo de otro modo.

–Trabajar duro no es nada vergonzoso.

–Por supuesto que no, pero yo no conté mi parte de la historia a la prensa. Tuve que aceptar las cosas terribles que ella dijo sobre mí.

–Lo siento. Sé que es difícil que tu vida personal esté expuesta de esa manera.

–Yo no soy el tipo de esas fotos. Eres consciente de ello, ¿verdad?

–Desgraciadamente, a la gente es lo único que le interesa.

Adam sacudió la cabeza disgustado.

–Todo esto es ridículo. ¿No podemos volver a mi plan original e ignorarlo?

–Si no quieres que lo primero que piense la gente al escuchar tu nombre sea en las braguitas de Portia Winfield, no.

Adam gruñó y volvió a dejarse caer en el sofá.

–Entonces sigamos.

Melanie cerró la agenda y la dejó sobre la mesita. Tenía que cambiar de tema por el bien de los dos.

–Hablemos del vestuario. Para las sesiones de fotos, me gustaría que aparecieras arreglado pero informal. Buscaremos un traje para las publicaciones económicas, pero para las revistas de estilo estoy pensando en vaqueros oscuros y camisa de vestir. Sin corbata. Me gustaría verte con una camisa lavanda. Te resaltará los ojos, y las mujeres reaccionan bien ante los hombres que no tienen miedo a llevar colores más suaves.

–Debes estar de broma. Yo voy de azul, gris y negro. Ni siquiera sé cómo es el color lavanda.

–No te estoy pidiendo que escojas el color de una caja de ceras. Solo te pido que lo lleves.

–De ninguna manera. Nada de lavanda.

Melanie apretó los labios. No podía ganar todas las batallas.

–Entonces que sea azul. Azul claro. Nada demasiado oscuro. También tendrás que maquillarte, sobre todo para las apariciones en televisión, pero no tendrás que hacer nada más que sentarte ahí y dejar que se ocupen de ello. No duele.

–¿Dónde aprendiste todo esto?

–Estudié en la universidad.

–No. Esas cosas sobre el color lavanda y las mujeres.

–Digamos que crecí en una familia en la que las apariencias eran muy importantes –aquello era quedarse corto, pero no estaba por la labor de abrir aquella caja de gusanos en particular.

–¿Ah, sí? ¿A qué te refieres?

Melanie hizo un gesto despectivo con la mano.

–Es muy aburrido, créeme.

–Mira, necesito un respiro después de la falsa entrevista y de lo que me has leído. Así que cuéntame.

Melanie no quiso rechazarle, sobre todo porque odiaba cuando él se lo hacía a ella. Tal vez bastaría con darle unas cuantas pinceladas.

–Para mis padres eran muy importantes las apariencias, aunque mi madre murió cuando yo era muy pequeña y no la recuerdo muy bien. Pero sí recuerdo a mi padre.

Adam frunció el ceño.

–¿Qué te decía?

Melanie se encogió de hombros y se miró el regazo. Se había dicho muchas veces que no permitiría que esos recuerdos la hicieran sentir pequeña, pero así era.

—Me ordenaba ponerme un cierto vestido, o peinarme mejor, parecerme más a mis hermanas. Soy la pequeña de cuatro chicas y era un poco chicazo de niña. Todas participaban en concursos de belleza. Mi madre ganó muchos de joven, pero ella era impresionante. Yo sabía que nunca estaría a la altura.

—¿Por qué? Eres muy guapa.

Melanie se sonrojó. Parecía una tontería, pero le gustó escuchar a Adam decir que era guapa.

—No es solo eso. Tienes que subirte a un escenario, sonreír de un modo impecable, saludar de una manera determinada y seguir un millón de normas que alguien decidió en algún momento. Yo no podía hacerlo. No podía ser esa chica de plástico.

Adam se rascó la barbilla.

—Y sin embargo, escogiste una profesión que implica un montón de humo y de juego de espejos.

Melanie nunca lo había visto así.

—Pero puedo hacer las cosas a mi manera cuando quiero. Es un trabajo creativo y de estrategia. Me encanta esa parte, y nunca me aburro.

—¿Participaste en algún concurso de belleza de niña o fuiste una rebelde desde el principio?

—Solo en uno. De hecho lo gané, pero para mí fue suficiente.

—¿Pequeña Miss Virginia? Porque eres de Virginia, ¿verdad?

—Sí, de la Virginia rural. De las montañas. Y no puedo decirte qué titulo gané porque es humillante.

–Ahora tendrás que contármelo. Nadie puede apartarse de mi lado sin haber compartido al menos una historia humillante.

Ella sacudió la cabeza.

–No. Lo siento. Estamos hablando de trabajo. Volvamos al tema del vestuario.

–Vamos, ¿y si te prometo que me pondré una camisa lavanda?

–Vale, de acuerdo. Fui coronada Pequeña miss Suero de Leche. Tenía cinco años.

Adam soltó una risilla.

–No puedo creer que ganaras el codiciado título de Pequeña miss Suero de Leche.

Melanie se inclinó hacia delante y le dio una palmada en la rodilla. Nunca le había contado a ningún hombre aquella estúpida historia.

–Ya que te interesa, te diré que creo que lo gané por mi talento. Era una excelente bailarina de claqué.

–No me cabe ninguna duda. Te he visto las piernas,

Melanie tragó saliva y se colocó una pierna debajo de la otra. Adam se aclaró la garganta.

–Seguramente tus padres te obligaron a hacer cosas que no te gustaban cuando eras niño.

–Sí. A mis amigos sus padres les regalaban guantes de béisbol por Navidad. A mí me regaló un maletín. Pero quiero mucho a mi padre –murmuró con tristeza.

–Esa fue la razón por la que me dejaste venir. Para hacer feliz a tu padre.

–Esa es una de las razones.

***

Melanie y él llevaban horas hablando de entrevistas y vestuario. Habían profundizado en los detalles de su pasado en los que debían centrarse y los que debían evitar. Melanie le había reprendido por enfrentarse a los fotógrafos cuando se ponían pesados. Adam lo había hecho en una ocasión, pero no estaba seguro de poder prometer nada al respecto.

Admiró a Melanie mientras ella consultaba el reloj por tercera o cuarta vez. Estaba especialmente bella bajo la débil luz del día, con un brillo rosado en las mejillas que le hacía juego con el de la boca.

–¿Tienes que estar en algún otro sitio, Suero de Leche?

–Si vas a llamarme así, al menos enciende la televisión para que podamos ver el baloncesto. Está jugando mi equipo –Melanie sonrió.

–Sí, por supuesto –Adam agarró el mando y encendió la televisión–. Pero espera, la NBA no empieza hasta junio.

–Estoy hablando del equipo universitario –ella sacudió la cabeza y le miró con aquellos ojos azules tan mágicos.

–Tus deseos son órdenes para mí –Adam buscó entre los canales hasta que encontró el partido–. A mí me gusta más la NBA que la liga universitaria, pero estoy dispuesto a ver cualquier cosa.

Melanie se acercó al extremo del asiento y observó con atención la pantalla.

–La liga universitaria es mucho mejor que la profesional –no apartó los ojos de la televisión–. No puedo soportar un partido con un puñado de millonarios dando vueltas sin jugar a la defensiva.

–Eso suena a la mayoría de las fiestas a las que yo voy.

–Apuesto a que sí.

La intención de Adam había sido hacerla reír, pero al parecer aquel era un asunto serio para Melanie.

–¿Tienes cerveza? –le volvió a mirar y sonrió con expresión beatífica–. Si perdemos me muero.

Adam se levantó del sofá.

–Marchando una cerveza –entró en la cocina, sacó dos cervezas de la nevera, agarró una bolsa de patatas de la despensa y volvió al salón.

–Gracias –Melanie alzó la vista para mirarle y sus dedos se tocaron cuando agarró la botella. Tenía los ojos abiertos de par en par. Se podría pasar la vida observando sus profundidades.

Ella le hizo un gesto para que se apartara y estiró el cuello.

–¿Puedes quitarte? No veo.

Adam obedeció y se acomodó a su lado, dejando una distancia prudencial y deseando que pudieran sentarse cadera con cadera. ¿Cómo sería volver a pasar una noche con Melanie, tenerla acurrucada, besarla, deslizarle los dedos por la mandíbula?

Cuando Melanie cruzó por aquella puerta veintidós horas atrás, no estaba muy seguro de qué esperaba exactamente, aunque sí sabía lo que quería que sucediera. Quería escucharla confesar que dejarle en medio de la noche era la decisión más estúpida y precipitada que había tomado en su vida, que esperaba que Adam la perdonara, que quería una segunda oportunidad.

No se había acercado ni por asomo a ello. Siendo imparcial, entendía sus razones aunque le resultaran decepcionantes. Así que en lugar de disfrutar de otro apasionado encuentro sexual, se tenía que limitar a ver el baloncesto y tomar cerveza con ella, una mujer inteligente y sexy. Podría haber sido peor.

Tal vez Melanie esperara que él viera también el partido, pero no podía dejar pasar la oportunidad de observarla. Se parecía mucho a la primera vez que la vio en la fiesta del Park Hotel. Se fijó en ella porque estaba hablando con uno de sus mayores rivales en los negocios. Su risa musical llenaba el abarrotado espacio, elevándose por encima de las conversaciones, y le despertó la curiosidad. Mientras escuchaba áridas charlas sobre inversiones y empresas, Adam hizo un esfuerzo por mantener los ojos apartados de ella. Todo su ser cobraba vida cuando hablaba. Era un faro en medio de un mar de aburrimiento.

Noventa minutos más tarde, tras la montaña rusa de emociones de Melanie entre el júbilo y la rabia por el partido, su equipo iba perdiendo por un punto y quedaban solo doce segundos. Dejó clara su resignación durante la pausa comercial.

–Tendría que haber imaginado que era demasiado bueno para ser verdad –se giró hacia él con expresión vulnerable.

A Adam le costó trabajo lidiar con la decepción de su tono de voz. Si Melanie fuera suya, no dudaría en estrecharla entre sus brazos. Qué diablos, incluso habría pagado al árbitro para que ganara su equipo y ella fuera feliz.

–Nunca se sabe. Hay tiempo de sobra para hacer un buen lanzamiento.

–Sí, claro. Eso no va a pasar.

Volvió el partido. Uno de los jugadores del equipo de Melanie estaba esperando para lanzar la pelota.

Melanie se levantó del sofá de un salto.

—No puedo mirar —se balanceó sobre los talones y sacudió las manos como si se le hubieran quedado dormidas.

Adam no tuvo más remedio que admirar el atractivo de su trasero. Deseaba volver a acariciárselo.

—¡Lánzala! —gritó ella.

El jugador tiró desde la línea de tres puntos… y encestó.

Melanie empezó a dar saltos con los ojos como platos.

—¡Ha encestado! —se lanzó a los brazos de Adam y lo devolvió al sofá—. ¡Oh, Dios mío, Adam, hemos ganado! —afirmó sin aliento—. Tenías razón.

Él la rodeó instintivamente con los brazos y aspiró el dulce aroma de su pelo.

—Sí, eso parece. Es maravilloso —aunque no tan maravilloso como aquello.

—Lo siento —Melanie se apartó unos centímetros y sacudió la cabeza—. No habíamos ganado un campeonato desde que yo era niña.

—No lo sientas. Esto es lo mejor que me ha pasado en toda la semana —Adam le deslizó los dedos por la espina dorsal mientras Melanie se inclinaba sobre él. Los dos estaban todavía sentados, pero inclinados.

—No tendría que haberte abrazado. Ha sido poco profesional.

—Creí que nos habíamos dado un respiro del tema profesional.

Ella le miró a los ojos.

—¿No vas a soltarme?

—Tú me estás sujetando también a mí.

Melanie puso los ojos en blanco.

—Estoy tratando de mantenerme recta.

Adam escuchó cada palabra que dijo, pero sus labios resultaban demasiado tentadores.

—Pues deja de estar tan recta.

Antes de que Melanie supiera qué estaba pasando, Adam la besó. Y ella le correspondió como una tonta.

Dios Santo... su boca, sus manos, su cuerpo... era la tentación servida en bandeja de plata. Era el combustible para su fuego, los cuerpos pegados, su peso contra el suyo, los labios pidiendo más. El fuego de su interior finalmente tenía lo que necesitaba para ser alimentado. Los labios de Adam eran increíblemente suaves aunque no quedaba duda de sus intenciones poderosamente viriles. La deseaba. Él estaba al mando. Melanie lo sentía en cada roce de sus manos bajo el suéter, agarrándole la cintura, los fuertes brazos tumbándola sin esfuerzo. La besó en la mejilla, deslizándose hasta la mandíbula y el delicado punto detrás de la oreja, el punto que le provocaba escalofríos en la espina dorsal. Melanie se arqueó contra él, cerró los ojos y dejó que su mente vagara entre el presente y el pasado.

La noche que había compartido con Adam no había sido un sueño. No lo había construido todo en su mente, besarle no era comparable a besar a ningún otro hombre. Era un momento de placer sublime e interminable en el que poder hundirse. Adam era real. El beso era real. Perfecto. No había pasado el último año sin rumbo. Lo había pasado echando de menos aquel beso. La pierna de Adam apretaba las suyas, una fricción cálida en el sitio perfecto. Adam era el último hombre que la había tocado allí, que había colmado todos sus deseos. Era el último hombre al que había deseado de aquel modo. Era casi perfecto. ¿Podrían retomarlo donde lo habían dejado? ¿Olvidar el último año? ¿Borrarlo?

–He querido hacer esto desde que entraste anoche por la puerta –murmuró desabrochándole la blusa–. En cuanto volví a verte, tenía que poseerte.

Melanie disfrutó de aquellas maravillosas y posesivas palabras, de su mano fuerte deslizándose por su vientre. Ella también tenía que poseerle. Estaban en el mismo barco, aunque parecía que Adam iba por delante. Todo lo que hacía era exactamente lo que ella deseaba. Le deslizó un dedo por el borde de encaje del sujetador, rozándole ligeramente la piel bajo la tela y devolviéndosela a la vida.

«No puedes hacer esto. Necesitas este trabajo». ¿No te pasaste todo el año pasado prometiendo que nunca permitirías que un hombre tuviera oportunidad de destrozarte el corazón y el trabajo de una tacada?

«Pero lo deseo. He esperado un año por él. Nadie tiene por qué saberlo».

«Pero tú lo sabrías».

Tenía la mano de Adam en la espalda, en el tirante del sujetador.

–Para, Adam. No podemos –esperaba que gimiera frustrado, incluso que la apartara de sí con disgusto. Pero no lo hizo.

–¿Estás bien? ¿Qué ocurre? –le sostuvo la cara y le deslizó el pulgar por la mejilla.

–Lo siento. Lo siento mucho, pero no podemos. No

podemos hacer esto –Melanie cerró los ojos. Necesitaba un respiro del encanto de su boca, sobre todo cuando la respiración de Adam le rozaba los labios. Tenía que recomponerse–. No debía haber llegado tan lejos. Es solo que… Guardó silencio. Cuanto más se explicara, más estúpida sonaría. Y a la larga tendría que admitir que si sospechara que Adam quería con ella algo más que una aventura, en aquel momento estarían arriba en la cama.

–¿Es solo qué? –preguntó él–. ¿He hecho algo mal?

¿Cómo podía estar tan calmado? Lo sentía contra la pierna, fuerte y preparado, y sin embargo le preocupaba haber hecho algo mal.

–Lo siento, es que no está bien.

–No lo entiendo. ¿Tienes novio? Porque de haberlo sabido no habría dado ni un paso.

–No, no tengo novio. Pero esto no está bien. Firmé un contrato. Sería un error.

–Un error –Adam se incorporó y se apartó de ella, creando una distancia fría e insalvable. Tal vez fuera mejor así, aunque no se lo pareciera–. Menuda forma tienes de decir las cosas cuando no está por medio tu trabajo de relaciones públicas.

Melanie se puso a la defensiva.

–Pensé que te merecías la verdad.

–No sé qué me merezco, pero ahora mismo siento que estoy siendo castigado por algo que no puedo evitar.

Melanie se puso de pie y se abrochó la blusa. No podía creer que Adam estuviera utilizando eso como excusa.

–Lo siento mucho –señaló hacia la entrepierna de

Adam–. Una ducha fría te podría ayudar. Mira, lo siento. Creo que deberíamos despedirnos por esta noche y olvidar que esto ha sucedido alguna vez.

Adam sacudió la cabeza sin mirarla.

–Lo que tú digas.

Melanie se sintió como si no existiera. Lo único que quería era esconderse. Corrió escaleras arriba y cerró la puerta del cuarto de invitados al entrar. Se acurrucó en la cama como un ovillo y se le llenaron los ojos de lágrimas.

¿Cómo iba a hacer su trabajo? ¿Cómo iba a salir bien aquello? No podía pasarse día tras día enseñando a Adam a hacer entrevistas y sesiones de fotos. Nunca lo conseguiría, le deseaba demasiado.

Se secó las lágrimas. Tenía que superar aquello, en caso contrario fracasaría y eso no podía pasar. Solo necesitaba encontrar la manera de quitarse a Adam de la cabeza. Necesitaba un plan.

Capítulo Cuatro

Antes de la noche anterior, ¿cuándo fue la última vez que Adam había sido rechazado? No lo recordaba. Pero el hecho de que viniera de Melanie y que hubiera esperado un año entero para tener otra oportunidad empeoraba las cosas. ¿Tan equivocado estaba respecto a su química?

Cuando se apretó contra él en el sofá, Adam solo tenía una cosa en mente: la electricidad había vuelto. La sentía en cada átomo de su cuerpo. ¿Cómo podía ser solo por su parte? ¿Cómo podían dos personas crear tanto calor si solo una persona lo sentía?

Melanie bajó por las escaleras tirando de la bolsa.

—Te la podía haber bajado yo si me lo hubieras pedido —dijo Adam sacando la chaqueta del ropero.

—Puedo hacerlo yo misma.

—Estoy seguro de ello —Adam se cruzó de brazos.

Melanie aspiró con fuerza el aire por la nariz y evitó cualquier contacto visual.

—Necesito pedirte un favor. Acabo de recibir una notificación de la línea aérea. Mi vuelo tiene *overbooking*. Me han dejado en tierra.

—¿Y? —se estaba imaginando lo que iba a venir. Pero quería oírselo decir.

—Me preguntaba si habría espacio en el *jet* de tu empresa.

–No lo sé. Jack prefiere ocupar dos sitios. Es un chico muy grande.

–¿Tan enfadado estás por lo de anoche? Tú sabes igual que yo que no es buena idea que suceda nada entre nosotros. Sería una tontería, un gran error.

Adam deseó que dejara de utilizar la palabra «error».

–Sí, por supuesto que puedes venir conmigo en el avión de regreso a Nueva York.

–Ah, de acuerdo. Gracias.

–De nada, Suero de Leche.

Una hora y media más tarde estaban a bordo del avión los dos solos, el piloto y, por supuesto, Jack. Normalmente Jack se tumbaba en el suelo a los pies de Adam. Aquel día se colocó al lado de Melanie y le puso la cabeza en el regazo.

«Traidor».

–Adam, necesito hablar contigo de algo.

–Te escucho –Adam estaba leyendo un correo en el móvil.

–Estaba pensando que parece que las mujeres son tu problema, pero también podrían ser tu salvación.

–A juzgar por lo sucedido anoche, me gustaría saber adónde quieres llegar.

–Pensé que estábamos de acuerdo en no hablar de anoche.

–Yo no he dicho que estuviera de acuerdo con nada.

Melanie sacudió la cabeza como si no pudiera estar más frustrada.

–Una de las cosas que he aprendido de las relaciones públicas es que la mala imagen de una persona puede reemplazarse por otra más positiva y termina olvidándose la mala.

Adam alzó la vista del móvil y entornó la mirada.

–¿A qué te refieres? ¿Imágenes de mí en un comedor para pobres?

–No. Estaba pensando en algo extremadamente creíble. Tú con una mujer. Ahora mismo, el mundo cree que solo eres capaz de tener aventuras sin importancia, la imagen que a tus padres y la junta de directores les cuesta trabajo aceptar.

Adam tosió. Si hubiera querido podría haberse lanzado a la yugular y recordarle que ellos se habían conocido en una aventura de una noche. Por mucho que los eventos de la noche anterior le hubieran dejado el ego tocado, no podía hacerlo. Nunca la consideró una aventura de una noche aunque solo hubieran compartido unas cuantas horas juntos.

–Quieres que empiece a salir con mujeres de más clase.

–Con una mujer. En singular. Básicamente, necesitas una novia. Una novia en serio. Tienes que encontrar una mujer y que te vean con ella. A ser posible, durante las semanas previas a la gala de LangTel. Luego te la llevas a esa fiesta, tu padre hace su anuncio del plan de sucesión y para entonces ya habrás salido en revistas y en programas de televisión. Será el descubrimiento del nuevo Adam Langford.

Adam masculló entre dientes.

–Estupendo. Mi baile de debutante.

–Ya sabes a qué me refiero.

–¿Vas a buscarme una novia?

—Esa parte la tendrás que hacer tú. Pero tengo algunas ideas.

—Estoy deseando oírlas.

Melanie se aclaró la garganta.

—Debe ser guapa, por supuesto. Eres Adam Langford. Nadie creerá que estás con alguien que no sea impresionante.

Jack alzó los ojos y le lanzó una mirada a Adam, y luego volvió a colocar la cabeza entre las patas.

—También debe ser alguien conocida —continuó Melanie—. Pero debe tener una reputación inmaculada. No más chicas juerguistas. También debería ser alguien acostumbrada al microscopio de los medio de comunicación. Ya sabes lo duro que es.

—¿Y qué tengo que hacer con esta persona?

—Salir a cenar. A tomar un café. A pasear a Jack. Solo tienes que decírmelo con tiempo para que pueda avisar a la prensa.

—No sé si esto va a funcionar. No soy bueno fingiendo. Los fotógrafos se darán cuenta si no es real.

Melanie le miró con aquellos ojos azules suyos.

—Pues tendrás que ser bueno fingiendo.

Eso no iba a pasar. Ya era bastante trabajo estar allí sentado y hablar de otra mujer.

—¿Y qué pasa si me enamoro? Después de todo estoy soltero, y a pesar de lo que pienses de mí, no tengo intención de quedarme así eternamente.

—Eso ya es cosa tuya.

—Por supuesto —¿era aquella la manera que tenía Melanie de librarse de él? ¿Arrojarlo en brazos de otra mujer?

—¿Tienes a alguien en mente? —a Melanie se le quebró un poco la voz al final, como si hubiera forzado el desinterés de la respuesta.

—La verdad es que sí. Creo que conozco a la mujer perfecta.

Le miró mientras avanzaban con la limusina de regreso a la ciudad. No pudo evitar pensar en cómo sería aquel momento si Adam y ella fueran pareja. Si pasaran un imposible fin de semana romántico en la finca de la montaña. Seguro que pasarían muchas horas haciendo el amor, sin salir de la cama, excepto tal vez para bajar a comer algo de puntillas. Se acurrucarían frente a la chimenea y se dormirían abrazados. Sería perfecto.

Adam estaba hablando con su padre por teléfono de LangTel desde que habían aterrizado. Ella también había quedado para hablar con Roger Langford al día siguiente por la mañana. ¿Le preguntaría si había pasado algo entre Adam y ella? Y en ese caso, ¿qué contestaría ella? Había cruzado la línea.

La vergüenza de la escena del sofá el sábado por la noche todavía la reconcomía. ¿Cómo podía un hombre tener tanta influencia sobre ella, su mente y su cuerpo? Ni siquiera su ex había sido capaz de hacerle perder el pudor de aquel modo.

Adam se despidió de su padre y empezó a pasar los contactos de su móvil.

—Estaba pensando en que debería lanzar la bola de la nueva novia. Ahora es un momento tan bueno como cualquiera.

—Novia falsa.

51

–Ya te dije que no se me da bien ser falso. Tengo que creérmelo un poco o no funcionará.

Melanie contuvo un suspiro de frustración.

–Lo que tengas que hacer.

–Pero recuerda –Adam alzó una ceja–. Si me enamoro será culpa tuya.

Melanie sintió deseos de darle una bofetada. Ahora era culpable de perder la moralidad y dejar a Adam con un bulto en los pantalones.

–Lo único que me importa es que sigas mis directrices.

–Aquí está –Adam dio un toque rotundo en el móvil–. La adorable Julia.

A Melanie se le puso el estómago del revés. ¿Julia? ¿Julia Keys? ¿De verdad iba Adam a escoger a una exnovia y una de las mujeres más bella de la historia de la humanidad para que fuera su falsa novia?

–Julia, soy Adam. ¿Qué tal estás, guapa?

Melanie suspiró. Seguramente se merecía el castigo de escuchar aquella conversación. Desesperada por encontrar una distracción, sacó una revista de la bolsa y empezó a pasar las páginas.

–He oído que has vuelto a Nueva York, y pensé que podríamos vernos. Tengo algo que proponerte –Adam se inclinó hacia atrás y acarició el asiento de cuero negro con la mano–. Esperaba poder decírtelo en persona. Digamos que tengo un nuevo papel para ti, y que implicará que pasemos mucho tiempo juntos.

Melanie apretó los labios y se recordó que Adam estaba haciendo exactamente lo que ella le había pedido. Entonces, ¿por qué estaba tan enfadada? Ah, sí. Porque confiaba en que Adam escogiera a alguien adecuado y poco más. No contaba con que eligiera a una mujer que personificaba el ideal de belleza femenina, alguien de quien podría enamorarse.

–¿Te vendría bien cenar el martes por la noche? Le pediré a mi cocinera que prepare algo en mi casa para que podamos hablar en privado. Si estás de acuerdo con mi plan podemos salir a cenar otro día de la semana si tu agenda lo permite.

Adam se rio ante algo que Julia dijo.

Estupendo. Así que era guapa, inteligente, soltera y al parecer graciosa. Melanie miró por la ventanilla. Solo estaban a una manzana del apartamento de Melanie en Gramercy, gracias a Dios. El final estaba a la vista. No podía soportar un minuto más de la llamada telefónica de Adam. Guardó la revista en la bolsa y se inclinó hacia delante para hablar con el conductor.

–Es aquí mismo, a la izquierda.

–Sí, señora –el conductor se detuvo a la entrada de su edificio.

Melanie se giró hacia Adam cuando el conductor abrió la puerta.

Adam asentía y sonreía como un idiota. Le puso la mano al móvil para tapar el altavoz.

–¿Algo más?

Melanie trató de recordar que aquel era al auténtico Adam Langford, el playboy en el coche caro haciendo lo que le venía en gana. No estaba hecho para ser novio de nadie. Era su cliente, punto final.

–Eso es todo. Hablaremos mañana –Melanie salió del coche antes de decir alguna tontería.

Buscó las llaves del portal. ¿Por qué seguía allí el coche? Sentía los ojos de Adam clavados en la espalda.

Finalmente giró la llave en la cerradura, cruzó la puerta y la limusina se marchó. Esperaba sentirse aliviada, pero solo se sintió confusa y decepcionada.

Llegó a la puerta de su casa. Su vecino, Owen, bajaba por las escaleras desde la tercera planta vestido para correr.

–Has vuelto de tu viaje –Owen sonrió y se puso a trotar en el sitio, como si quisiera recordarle que estaba en excelente forma. Lástima que su perfecto cuerpo no despertara nada en ella. Lo que necesitaba era un compañero.

Melanie se las arregló para sonreír. Owen era inofensivo.

–Sí, ahora mismo.

–Me alegro. Este edificio está demasiado tranquilo sin ti. Tal vez podríamos ir al cine este fin de semana.

–Eh… ya veremos –contestó ella abriendo la puerta–. Tengo mucho trabajo –se despidió de Owen agitando la mano y cerró. Agotada, se apoyó contra la puerta. El apartamento no le parecía aquel día su hogar. Solo le parecía vacío.

Cada vez que Melanie abría las puertas de Relaciones Públicas Costello, los recuerdos la golpeaban en la cara. El tiempo había calmado el dolor, pero seguía allí. La traición del hombre al que una vez amó, el hombre que la había dejado atrapada con aquel crédito infernal.

Melanie no quería volver a pasarlo tan mal nunca más. Era agotador.

Se acercó al mostrador de recepción. Hacía meses

que no podía tener contratado a nadie. Por el momento era mejor seguir ampliando la lista de clientes. Aquella era la razón por la que había aceptado el trabajo de Adam Langford.

Melanie se sentó en el mostrador y recordó que no había hecho café. Se levantó. Cuando lo hizo y tuvo una taza humeante en la mano, se armó de valor para llamar a Roger, el padre de Adam.

—Señorita Costello —dijo la voz de Roger al otro lado de la línea—. Sinceramente, cuando la contraté estaba seguro de que esta sería la llamada de teléfono en la que tendría que despedirla.

Melanie tragó saliva.

—¿Señor?

—Ya sabe, el primer informe que me diera tras empezar a trabajar con Adam.

—El fin de semana ha ido muy bien, señor Langford, se lo aseguro.

—Espero que sea completamente sincera conmigo, señorita Costello. Quiero mucho a mi hijo y es la persona en la que más confío para los negocios, pero no tiene mucha cabeza para las mujeres. Confío en que se ciña a nuestro acuerdo.

¿Cómo iba a responder a aquello? No tenía opción. Necesitaba aquel trabajo y se podía decir que solo había cometido un error, besar a Adam en el sofá y perder el sentido del tiempo y del espacio.

—Me mantuve alejada del dormitorio de Adam, si eso es lo que quiere saber —era la verdad, pero se sintió culpable. Si los labios de Adam se hubieran movido algo más deprisa, si ella hubiera tenido la oportunidad de acariciarle el pecho, no habría habido vuelta atrás.

–Perdóneme por preguntarlo. Es importante para mí que las cosas estén claras –Roger se aclaró la garganta–. No la entretengo más, señorita Costello. He hablado con Adam. Está muy impresionado con su trabajo, y eso es algo que no esperaba oír. Se resistió mucho a que contratara una relaciones públicas, aunque se suavizó un poco cuando apareció su nombre. Cuando investigó sus antecedentes dijo que sí. Supongo que su reputación la precede.

A Melanie le funcionaba la mente a toda prisa. Sabía que Adam se había resistido a la campaña de relaciones públicas, él mismo lo había mencionado. Lo que no mencionó era que había cambiado de opinión al saber que la habían contratado a ella. Investigar sus antecedentes... su foto estaba en el centro de la página web.

–Adam me ha contado lo de tu plan con Julia –continuó Roger–. Es una auténtica genialidad. La señora Langford y yo la adoramos desde que la conocimos. Su romance fue muy corto, pero tal vez ahora que van a pasar tiempo juntos se den cuenta de su error. No hay nada como la cercanía para reavivar la llama del amor.

¿Reavivar la llama del amor? A Melanie se le puso el estómago del revés. ¿Cómo iba a sobrevivir a las siguientes semanas?

–La prensa se lo tragará, señor.

–Absolutamente excelente, señorita Costello. He visto la agenda de entrevistas de Adam y me gustaría que me avisara de cuándo va a hacer su aparición en Midnight Hour. Estoy deseando que llegue el día.

Melanie se dijo que debía volver a llamar al productor de Midnight Hour, consciente de que la respuesta sería algo así como «ya veremos». Tenían la programación cerrada con varios meses de antelación.

—Sí, señor, estoy en ello.

—Bien, siga trabajando así. He hablado con mi asistente. Su próximo cheque va de camino.

Melanie suspiró. Dinero. Aquella era la razón por la que estaba haciendo todo.

—Gracias, señor, le mantendré informado.

Eran poco más de las nueve y media cuando se despidió, pero Melanie sentía que llevaba días en la oficina. Café. Más café.

La próxima hora la pasó poniéndose al día con otros clientes. Tras terminarse la segunda taza de café, revisó el correo: facturas del alquiler, de los muebles, de Internet, de los viajes. Todo sumaba. ¿Cuándo dejaría de sentir que daba un paso adelante y dos para atrás? Era una luchadora y no se rendiría, pero no tenía gracia estar sola ante todo.

Sonó el teléfono de la oficina. Melanie odiaba que eso sucediera porque significaba que tenía que fingir ser la recepcionista. Había acostumbrado a la gente a llamarle al móvil y la mayoría de los clientes prefería comunicarse por correo electrónico, pero sus hermanas seguían llamándola a la oficina cuando necesitaban que Melanie lidiara con su complicado padre.

—Relaciones Públicas Costello —contestó—. ¿Con quién desea hablar?

—Melanie, ¿eres tú?

La cálida y familiar voz de Adam le produjo un efecto extraño, una mezcla de emoción y nerviosismo.

—Espero que tu recepcionista haya salido a tomar un café. La jefa no debería contestar nunca el teléfono.

—No me importa hacerlo de vez en cuando —cómo odiaba maquillar sus respuestas—. ¿Has perdido el número de mi móvil?

—Supongo que marqué el número de la oficina sin pensar. ¿Prefieres que te llame al móvil?

—Quiero asegurarme de estar siempre localizable.

—¿Has hablado con mi padre?

—Sí. Hace aproximadamente una hora —Melanie se preguntó si debía contarle que su padre le había preguntado específicamente si se habían acostado juntos. Pero seguramente Adam no se sentiría muy bien al comprobar la poca confianza que tenía su padre en él en aquel campo.

—Le conté lo de Julia.

—Sí, eso me dijo. Está muy emocionado.

—Ya, lo siento. Supongo que tendría que haberte avisado. Está encantado con la idea de que pase tiempo con Julia. Pero no te preocupes, le he dado el crédito a quien se lo merece. Todo ha sido idea tuya.

—Gracias, te lo agradezco.

—Quería decirte que ya he hablado de todo con Julia. Hemos tomado un café esta mañana.

—¿En lugar de cenar esta noche? —al parecer no podía esperar para empezar a pasar tiempo con ella.

—No. Vamos a cenar esta noche también. Por eso te llamo. Quería decirte adónde vamos a ir y a qué hora.

—Ah, entiendo —Melanie recuperó la compostura. Aquella iba a ser su realidad durante las próximas semanas, tanto si le gustaba como si no.

—Así es como funciona esto, ¿verdad?

Melanie sacudió la cabeza para librarse de aquellos pensamientos poco halagüeños.

—Sí, así es —agarró un bolígrafo—. Adelante, te escucho.

—Vamos a estar en Milano. La reserva es a las ocho.

Nada menos que el restaurante más romántico de la ciudad.

—¿Y el agente de Julia está de acuerdo con esto?

—Sí. Julia no tiene la próxima película hasta dentro de un año. Hará cualquier cosa con tal de salir en la prensa para que los productores y los directores no se olviden de ella. Pronto cumplirá treinta años. Eso es mucho para una actriz.

Y sin embargo seguía siendo impresionantemente bella.

—De acuerdo entonces. Se lo filtraré a algunos fotógrafos.

—¡Estupendo! Gracias, Melanie.

—Y Adam, por favor, no te enfrentes a ningún fotógrafo —se le quebró un poco la voz.

—¿No confías en que haga lo correcto?

Llegados a aquel punto, la única persona en la que no confiaba era en ella misma. Impresionar a Roger Langford y tratar al mismo tiempo de evitar que Adam fuera una tentación le estaba provocando un agujero en el estómago. Cada vez que pensaba en ello se sentía incómoda. Pero tenía que centrarse en el trabajo.

—Solo es un recordatorio.

Melanie colgó el teléfono y se reclinó en la silla secándose la frente. Si era tan brillante, ¿por qué se sentía la mayor tonta del planeta?

***

Adam tecleaba con fuerza su ordenador portátil tratando de expresar las ideas para la nueva aplicación que quería que su equipo desarrollara, pero estaba dando vueltas en círculo. Apoyó los codos en el escritorio y se pasó una mano por el pelo. Toda la jornada laboral había sido una pérdida de tiempo. No podía quitarse de la cabeza a Melanie.

¿Cómo iba a conseguir que lo de Julia pareciera real, y cómo influiría eso en su relación con Melanie? No podía por menos que admirar su tenacidad, su dedicación al trabajo bien hecho.

Su asistente, Mia, estaba apoyada en la puerta de su despacho.

—Son las seis y media, señor Langford, Se supone que debe recoger a la señorita Keys a las siete y el coche le está esperando fuera.

—Gracias. Creo que será mejor que me cambie.

«Y también necesito una copa antes de mi primera aparición pública con Julia».

Adam cerró la puerta del baño privado de su despacho y se puso una camisa limpia. Agarró la chaqueta del traje que estaba colgada de un gancho detrás de la puerta y luego se puso una corbata de rayas negras y grises.

No estaba nervioso por ver a Julia. Habían tomado un café y todo había salido bien. Lo cierto era que su ruptura había sido todo lo amigable que podía ser. Después de tres citas, Julia le tomó de la mano en la parte de atrás de la limusina y dijo:

—Aquí no hay nada, ¿verdad?

Adam se sintió inmensamente aliviado. Se caían bien. Se hacían reír. Pero no había ninguna química.

Sobre el papel hacían la pareja perfecta, pero la realidad era muy distinta.

Lo que le preocupaba de verdad era que pudieran hacer creíble la farsa de una relación romántica. Seguro que la gente les vería juntos y se daría cuenta de que no estaban realmente juntos.

Pero Adam tenía que cumplir con su trabajo por mucho que eso contradijera su modo de vida. Le convenía que el escándalo se olvidara para que su padre pudiera pasar sus últimos días sabiendo con certeza que la integridad del apellido Langford estaba intacta. Tenía que funcionar para hacer además feliz a Melanie, porque gran parte de su trabajo dependía de aquel éxito. Al final, si tenía suerte, provocaría uno de dos efectos en ella: o se pondría tan celosa que se daría cuenta de que lo deseaba o la ayudaría a ver que era un hombre bueno. Aquella podía ser su prueba de fuego, la oportunidad para demostrarle a Melanie de qué pasta estaba hecho.

La limusina llegó al apartamento de Julia y tras veinte largos minutos de charla banal en el coche, llegaron al Milano. Como Melanie había prometido, había un puñado de fotógrafos en la puerta.

—Julia, aquí —gritó uno de ellos.

Los flashes de las cámaras se dispararon mientras ella le rozaba las yemas de los dedos con las suyas. Julia sabía cómo manejarse en la situación, sonriendo para la foto pero sin parecer forzada y caminando a la velocidad justa para que pudieran conseguir la imagen.

Una de las ventajas de escoger a Julia como falsa novia era que ella ocuparía el papel principal. Su rostro llevaba años en las portadas de las revistas.

Entraron en el restaurante. Se escuchaba el suave repiqueteo de la cubertería de plata y las copas de cristal por encima de una suave música de jazz. El maître les hizo una seña para que se acercaran a la mesa de la esquina. Todo el restaurante empezó a murmurar.

Julia consultó la carta.

—Y dime, cariño —le miró de reojo—. ¿Qué te apetece cenar? —una enorme sonrisa le asomó a los labios y ladeó la cabeza, permitiendo que la ondulada melena le cayera por los hombros.

Cualquier otro hombre estaría babeando a sus pies. Adam no sintió nada.

—¿Cariño? —susurró—. No creo que me llamaras así cuando salíamos.

Julia deslizó un dedo por el mantel.

—Si vamos a interpretar un papel, tenemos que hacerlo bien. Necesitamos motes cariñosos.

Adam asintió.

—Ah, de acuerdo —iba a tardar un tiempo en acostumbrarse.

El camarero se detuvo a su lado y les tomó nota de las bebidas, un martini seco para Julia y *bourbon* solo para Adam.

Él volvió a repasar el menú.

—Creo que tomaré la costilla a la toscana.

—Suena estupendo, cariño —aseguró Julia—. Yo tomaré la ensalada césar con langostinos —Julia cerró la carta y puso la mano sobre la mesa. Luego dio un golpecito en la mesa y miró a Adam.

Ah, de acuerdo. Le tomó la mano en la suya, pero no se sintió bien. Aquella no era la persona con la que debería estar. Eso sí, la persona con la que quería estar era quien le había colocado en aquella situación. Así que tal vez fuera mejor callarse, continuar con la farsa y confiar en que todo saliera bien. Apenas faltaban tres semanas para la gala de LangTel, y allí terminaría el trabajo de Melanie. Podría intentarlo entonces. Y seguramente volver a ser rechazado, pero podía intentarlo.

–Deberíamos ponernos de acuerdo con la historia –dijo Julia–. Ya sabes, cómo volvimos. La gente va a hacer preguntas. Necesitamos tener respuestas o no será creíble.

–¿Por qué no empiezas tú?

Julia estiró la espalda y sonrió.

–He pensado un poco en ello hoy. Podemos decir que me llamaste cuando supiste que me mudaba a Nueva York. Tu vida estaba hecha jirones, por supuesto. Quiero decir, que habías tocado fondo.

Adam parpadeó a pesar de que sabía que estaba diciendo la verdad.

–Sí, ya lo he pillado –cambió de posición en el asiento.

–Hablamos durante horas por teléfono aquella noche y yo accedí a regañadientes a dejarte ir a mi apartamento cuando estuviera en la ciudad.

–¿Por qué a regañadientes?

–Seamos serios, Adam. Por supuesto que he visto esas horribles fotos. Están por todo Internet. ¿Qué mujer no sospecharía un poco de ti?

A Adam se le cayó el alma a los pies. Aquella podía ser también la duda de Melanie. Había visto la peor parte de él.

–Supongo que tienes razón.

–Me trajiste flores, rosas blancas. Son un símbolo de buenas intenciones.

—Creía que las rosas blancas significaban disculpas.

—Bueno, rompiste conmigo.

—Lo decidimos los dos de mutuo acuerdo. Y nadie se va a creer que yo rompí contigo. Eso es absurdo —Adam sacudió la cabeza. De hecho, toda aquella conversación era absurda.

—Muy bien, de acuerdo. Rosas rojas. Pasión —Julia le guiñó un ojo.

Adam no dijo nada. Se limitó a darle otro sorbo a su *bourbon*.

—Las chispas saltaron en cuanto nos vimos —continuó ella—. Supimos que teníamos que volver a estar juntos.

Adam se inclinó hacia delante.

—¿Qué decimos dentro de un mes, cuando rompamos?

—Oh, lo habitual —Julia le dio un sorbo a su copa de vino—. Dos personas dedicadas a su trabajo que no encontraron tiempo el uno para el otro. Eso es creíble, ¿verdad?

A Adam se le escapó un suspiro entre los labios.

—Más de lo que crees, cariño. Más de lo que crees.

Capítulo Cinco

Las fotos de Adam y Julia en la puerta del restaurante en su primera «cita» eran una cosa. Le dolía verlas, pero resultaba tolerable. Las imágenes de los dos tomando café unos días más tarde eran algo distinto. Melanie sintió una opresión en el pecho.

En las fotos salían dados de la mano. Había sonrisas. También lo que podían considerarse miradas románticas. Era suficiente para que una chica perdiera toda esperanza, algo a lo que Melanie prácticamente había renunciado ya por el bien de su negocio. Pero aquel día Adam estaba mirando el trasero de Julia. ¿Cuánto sería capaz de aguantar?

Melanie se revolvió incómoda en la silla de la sala de espera del despacho de Adam y pasó las hojas del periódico, forzándose a mirar las fotos de Julia y Adam corriendo por Central Park con Jack. Parecían estar tan bien juntos, sonriendo y corriendo. Le dolía todo el cuerpo. Después de todo, ¿quién sonreía al correr?

Solo la gente enamorada.

Adam y Julia eran la pareja perfecta, todo lo bella que se podía ser. Adam, en particular, estaba guapísimo. Todas las mujeres de la ciudad babearían al ver aquellas fotos. Tenía la camiseta gris estirada por el pecho y el vientre, tanto que se le marcaban los abdominales. Oh, cuántos besos había depositado en aquel maravilloso vientre. Pero ahora aquellos abdominales estaban tan fuera de su alcance como la tarta de queso en una dieta.

La foto más dolorosa era la de después de correr. Julia, vestida con unas mallas negras ajustadas y camiseta a juego, estaba inclinada hacia delante tocándose los dedos de los pies. Adam le estaba mirando el trasero con disimulo.

Aquella no era forma de empezar el día, y menos cuando estaba a punto de pasar las próximas dos horas con Adam. En cualquier momento la llamaría para que fuera a su oficina y le ayudara en una conferencia de prensa *online* en la que Adam iba a hablar con una docena de revistas de todo el mundo por videoconferencia. Aquel día no se trataba del escándalo. Se trataba de poner el foco en el negocio de Adam, de impresionar a la junta de directores de LangTel.

Melanie consultó el reloj. Adam ya iba cinco minutos tarde respecto al horario que le había dado. Por suerte ella se había anticipado y le había dado más tiempo a propósito.

–Señorita Costello, el señor Langford quiere verla ahora –dijo Mia, la asistente de Adam, apareciendo en una puerta adyacente al espacioso vestíbulo.

Melanie la siguió por la puerta y después por un ancho corredor mientras un flujo constante de empleados pasaba de un espacio de trabajo abierto al otro. La oficina entera estaba llena de gente, un ejército innumerable escogido por Adam.

Mia llamó a una puerta con los nudillos y la abrió para Melanie. El despacho de Adam medía fácilmente el doble del apartamento de Melanie. Igual que el propio Adam, era un espacio moderno, bonito e impresionante. Él estaba sentado detrás de un escritorio de brillante material negro dándole la espalda.

—Tenemos el ordenador y los monitores preparados para las entrevistas —Mia señaló hacia la mesa de conferencias situada al fondo de la habitación.

—Estupendo. Gracias —susurró Melanie, que no quería molestar a Adam. Se estaba sentando cuando él habló.

—Hola.

Melanie le miró. En cuanto sus ojos conectaron supo que tenía un problema. Le provocó una oleada de atracción, y teniendo en cuenta las fotos del periódico, se sintió molesta.

—Hola a ti también —deseó haber sabido disimular el tono amargo de voz, pero le resultó imposible—. Esto no debería llevarnos más de noventa minutos —encendió el ordenador que tenía delante—. Tiene cámara web, ¿verdad?

—Por supuesto. Es de última generación. ¿Qué ordenador no tiene cámara web?

—Lo siento. No era mi intención insultar al equipamiento de tu oficina.

—¿Estás bien? Pareces agitada —Adam agarró el periódico matinal del escritorio y se lo pasó—. Has visto esto, ¿verdad? Es exactamente lo que buscabas, ¿no es así? Todo el mundo en la oficina hablaba de ello cuando llegué al trabajo. Mi padre me ha llamado para decirme que está encantado.

Melanie se cruzó de brazos.

—Sí, lo he visto. Bien hecho. La próxima vez tal vez estaría bien que no te pillaran mirándole el trasero.

–¿Por eso estás así? No te ha gustado verlo, ¿eh? –Adam sonrió y tomó asiento en una silla a su lado–. ¿Estás celosa?

Melanie entornó los ojos, estaba muy perturbada por la cuestión.

–Lo único que intento es hacer que parezcas menos mujeriego, nada más.

–Oh, vamos –Adam sacudió la cabeza y se rio–. No puedes estar hablando en serio. Cualquier hombre del mundo habría hecho lo mismo que yo. Julia tiene un trasero espectacular. No tiene nada de malo mirar.

Ella dejó escapar un profundo suspiro, aunque no quería que Adam se diera cuenta de lo mucho que le molestaba. ¿Por qué tenía que usar la palabra «espectacular»? Era como un puñetazo al estómago.

–Sabía que utilizarías esa defensa. Los hombres sois a veces muy predecibles. Veis una cara bonita y no podéis controlaros.

–O un trasero particularmente atractivo, como es el caso.

Adam se reclinó hacia atrás y arqueó ambas cejas. Se notaba que se lo estaba pasando en grande.

–Tienes una entrevista dentro de un minuto. No podemos estar hablando de esto ahora mismo.

–Claro que podemos. Pueden esperar. Quiero saber por qué te molesta esto.

–Y no me importa hablar de ello. Terminaste saliendo en los periódicos con Julia. Eso es lo único que me importa.

La pantalla del ordenador cobró vida y aparecieron una docena de caras desconocidas. El hombre situado en la esquina superior derecha agitó la mano.

—Hola, señor Langford, señorita Costello. Yo voy a moderar el chat hoy. Empezaremos dentro de unos minutos.

—Estupendo. Estamos preparados —Melanie colocó sus notas y el bolígrafo cuidadosamente.

—Lo cierto es que vamos a necesitar otros cinco minutos, si no le importa.

El moderador alzó la vista.

—Eh… claro, señor Langford. Pero que no sea más. Los periodistas que se van a unir hoy a nosotros tienen la agenda muy apretada.

—No se preocupe. No los entretendré —Adam le quitó el sonido al ordenador—. Quiero saber por qué te molestan tanto las fotos. ¿O tengo que recordarte que fue idea tuya liarme con Julia?

Hacía una semana que no estaba tan cerca de Adam, y su mente y su cuerpo estaban todo lo turbados que podían estar. Todo lo relacionado con su presencia física, su aroma, su pelo, sus manos, la hacía desear meterse dentro de su camisa.

—Por favor, deja de recordarme que esto fue idea mía. Mi cerebro no puede procesar tantas cosas a la vez.

—¿Qué cosas? ¿El trabajo? ¿Las fotos? ¿Julia? —Adam agarró un bolígrafo y jugueteó con él entre los dedos.

—Vamos a centrarnos en la entrevista. No quieres saber qué pasa por mi cabeza en estos momentos.

—Lo cierto es que pagaría por saber qué pasa por esa cabecita tuya. Podemos empezar con el comentario de que los hombres son todos iguales. ¿Hay algún tipo imbécil en tu pasado? Quiero decir, me gustaría pensar que todo esto es por mí, pero ahora me pregunto si ocurre algo más.

Melanie no estaba dispuesta a adentrarse en el tema de su ex y de su desastrosa vida amorosa.

–Lo único que pasa es que estoy intentando hacer mi trabajo y tú te dedicas a boicotearlo. Es como si me pasara horas poniendo la mesa para la cena y tú pasaras al lado dándole la vuelta a los tenedores.

Adam alzó una ceja.

–No me gustan las cosas falsas y fingidas, nada más. Estaba pasando un rato con Julia, se agachó y le miré el trasero porque lo tiene bonito. Fin de la historia. No hay más.

Melanie alzó la vista y vio al moderador agitando las manos con fuerza. Encendió otra vez el micrófono otra vez.

–Señor Langford, señorita Costello, tenemos que empezar.

–Sí, por supuesto –dijo Melanie–. Siento el retraso.

Adam se aclaró la garganta.

–Sí, empecemos –entonces escribió una nota en un trozo de papel y se lo pasó a Melanie.

Si tú te inclinas con esa falda que llevas, estaré encantado de mirarte también el trasero.

Adam entró en el apartamento de sus padres en Park Avenue, el lugar en el que había vivido de niño. Estaba lujosamente decorado, un poco recargado para su gusto, pero seguía siendo su hogar.

–Adam, cariño –su madre cruzó el vestíbulo llevando su atuendo habitual, negro de la cabeza a los pies y un brillante pañuelo al cuello.

Adam no recordaba haberla visto nunca vestida de otro modo.

—Estás guapísima, mamá –la besó en ambas mejillas y se dio cuenta de que había perdido. El estrés de cuidar a su marido enfermo le estaba pasando factura–. ¿Está Anna aquí?

—Está en el baño. Saldrá en cualquier momento. Cenamos dentro de quince minutos. Margaret está preparando tu plato favorito, ternera Wellington.

—Suena estupendo. ¿Y papá? –Adam y su madre recorrieron el ancho vestíbulo de mármol.

—Está viendo la televisión. Ahora le gusta el baloncesto universitario. Es curioso, antes nunca lo veía.

Adam sonrió al pensar en Melanie aquella noche en las montañas. A pesar del modo en que todo había terminado, daría cualquier cosa por volver a aquel sitio y aquel lugar, los dos solos y lejos del mundo.

—Adam, hijo mío –Roger intentó levantarse de la silla.

Adam sabía que no debía detenerle, ni peor todavía, ofrecerle ayuda. Su padre era muy obstinado.

Le abrazó y le sintió frágil entre los brazos, pero todavía fue capaz de darle una fuerte palmada en la espalda.

—Papá, qué alegría verte –siempre que le veía se preguntaba si aquella sería la última vez. Era un pensamiento demasiado doloroso. Quería creer a los médicos, que aseguraban que a Roger le quedaban todavía dos o tres meses.

—Y con tan buenos auspicios. No podría estar más contento con cómo ha ido la campaña de relaciones públicas. Es el dinero mejor invertido de mi vida.

—La señorita Costello tiene mucho talento. De eso no cabe duda.

Anna entró en la sala. Llevaba el largo y negro cabello recogido en una coleta alta. Siempre profesional y pulcra, iba vestida con un traje gris y blusa crema. Acababa de regresar de su trabajo como directora de una empresa que fabricaba ropa de trabajo para mujeres.

Anna le dirigió a Adam una sonrisa incómoda. Estar con su padre resultaba difícil para ella. Era fuerte e independiente, con una mente brillante para los negocios, pero su padre la veía en el contexto familiar: la única niña, la viva imagen de su madre, una preciada posesión a la que había que preservar de la cruda realidad de las reuniones de la junta directiva y de los informes de pérdidas. Roger Langford nunca permitiría que su hijita dirigiera LangTel por mucho que ella ansiara tener la oportunidad de hacerlo.

—Papá —murmuró Anna abrazando a su padre—. Tienes buen aspecto. Las mejillas sonrojadas.

—Eso es porque estoy contento. Adam y yo estábamos hablando de lo bien que va la campaña de relaciones públicas. Tu madre y yo vamos a cenar con dos de nuestros tres hijos. Ahora agradezco cada pequeña cosa que me pasa.

—He tenido noticias de Aiden —dijo Anna refiriéndose a su hermano, el mayor de los hermanos Langford—. Está en algún lugar de Tailandia. No sé mucho más. Solo fueron unas líneas por correo electrónico, y de esto hace semanas.

Su padre sacudió la cabeza con disgusto.

—Parece que al chico le cuesta llamar a tu madre y decirle que está vivo.

A su madre se le entristeció la mirada.

—Tiene que dejar de evitar la enfermedad de su padre y volver a casa.

—Ya sabes que eso no va a pasar —dijo Adam.

Aiden no iba a volver a corto plazo, no después de la última pelea que había tenido con su padre. Nadie se atrevía a hablar de ello, pero Adam sospechaba que se debía a que Aiden nunca había sido considerado una opción para dirigir LangTel y solo le habían dejado unas cuantas acciones de la empresa.

Aiden había crecido de una forma muy distinta a Adam y Anna. Tenía seis años más que Adam le habían enviado a un internado cuando Adam tenía dos años y Anna era un bebé. Adam seguía sin saber por qué su hermana y él habían ido en cambio a un colegio privado de Nueva York. Solo sabía que Aiden se metió en muchos líos en el internado, y que a Adam le trataron desde muy pequeño como si fuera el primogénito. En muchos sentidos era como si Aiden no existiera, al menos a ojos de su padre. A Adam y a Anna les entristecía no estar muy unidos a su hermano, pero él parecía satisfecho manteniendo las distancias.

—Anna, ¿te traigo algo de beber? —le preguntó Adam.

—Por favor. He tenido un día brutal.

Adam se acercó al mueble bar que había en la esquina y le preparó a su hermana un *gin tonic*. Ella le siguió. A juzgar por el sonido de la televisión, alguien había marcado un buen tanto en el partido de baloncesto.

—Maldición —su padre volvió a su asiento—. Siempre me pierdo las jugadas importantes.

Su madre consultó el reloj.

—Iré a ver cómo va la cena.

–¿De verdad has sabido algo de Aiden? –le preguntó Adam a Anna bajando el tono de voz.

–No me dijo gran cosa, pero tengo claro que prefiere contagiarse de la peste que volver a casa y enfrentarse a papá.

–Estaría bien que dejaran de pelearse –Adam sacudió la cabeza y le pasó a su hermana la copa–. Y dime, ¿cuál es el plan de esta noche? ¿Vamos a hablar con papá?

–Sinceramente, no sé si tengo fuerzas. Si me va a tocar escuchar un discurso sobre que debo buscar marido y pensar en la educación de mis futuros hijos, me echo a llorar. Entre mi padre y mi actual trabajo, tengo la sensación de que me paso la vida dándome cabezazos contra la pared.

Adam aspiró con fuerza el aire. Era un milagro que aquel tema no les hubiera producido una úlcera a su hermana y a él. Le dio una palmada en la espalda a Anna.

–Yo te echaré una mano. Tenemos que seguir intentándolo.

Margaret, la cocinera de toda la vida de la familia, apareció en el umbral de la puerta.

–La cena está lista, niños Langford –sonrió de oreja a oreja como Mary Poppins.

Después de la cena, Adam siguió a su padre a su despacho agitando su copa de *bourbon*. Desde que a su padre le diagnosticaron cáncer, había dejado el alcohol. Roger ocupó su lugar tras el enorme escritorio de caoba que había sido herencia de su abuelo.

–Dime cómo van las cosas con Julia. Sé que no querías hablar de ello delante de tu madre, pero a tu viejo se lo puedes contar. Ahora estamos deseando ver tu foto en el periódico –se rio entre dientes–. Eso es una gran mejoría con respecto al mes pasado.

Adam no estaba convencido de que las cosas hubieran mejorado para él, al menos personalmente. Desfilar por Manhattan con su novia falsa le hacía sentirse una marioneta humana, y eso no le gustaba. Se acomodó en una de las butacas de cuero frente al escritorio de su padre.

–Papá, ya te dije que esto no es real. Fue idea de la señorita Costello, ¿recuerdas?

–Yo sé lo que vi en esas fotos. Sois felices juntos –Roger recolocó unos sobres encima del escritorio–. A veces un hombre necesita abrir los ojos ante lo que tiene delante. Serías un idiota si dejaras escapar a una mujer como Julia.

Adam solo pudo pensar en que la mujer que tenía delante era Melanie. Y ella no quería tener nada con él.

–Julia es preciosa y famosa, Adam. Es la clase de mujer que a tu madre y a mí nos gustaría ver contigo. Tú eres un hombre. Ella una mujer. No veo dónde está el problema.

«El problema es que no siento nada cuando estoy con ella». Adam le dio un sorbo a su copa. Su padre estaba acostumbrado a conseguir todo lo que quería. Adam no quería negarle nada a un moribundo, pero no podía mentir.

–Necesito que mamá y tú tengáis los pies bien puestos en la tierra. Entre Julia y yo no hay nada.

–Entonces déjame decirte algo. Me queda poco

tiempo en este mundo, y lo único que quiero es que tu hermana, tu madre y tú estéis bien cuando me haya ido. Necesito saber que tendréis la vida que queréis. Eso significa un marido para tu hermana y una esposa para ti. Eso significa una habitación llena de nietos en Navidad para tu madre –a su padre se le quebró la voz y se le resbaló una lágrima por la mejilla.

Adam aspiró con fuerza el aire. Solo había visto llorar a su padre una vez, el día que murió la abuela Langford. Adam sabía que su padre tenía un corazón enorme aunque fuera exigente y estricto.

–No deberías preocuparte por nosotros. Vamos a estar bien. Y debes dejar de dar por hecho que no estarás aquí cuando pasen todas esas cosas, porque nunca se sabe.

–Solo quiero que sepas que vosotros tres sois lo más importante del mundo para mí. Sois en lo único que pienso cuando me levanto por la mañana.

–Papá, ya sabes que tenemos que hablar de Anna y de LangTel. Has herido sus sentimientos durante la cena, y no entiendo por qué te niegas a ver el trabajo tan increíble que haría.

–Yo no cuestiono sus habilidades. La puse al mando de la organización de la gala, ¿no?

–Ese no era el encargo que ella anhelaba.

–Es una chica lista, pero para hacer mi trabajo hay que ser a prueba de balas, y no estoy dispuesto a colocar a mi niña en esa posición. Mi trabajo es protegerla.

Adam estaba empeñado en demostrar que su padre se equivocaba en aquel punto. Y no estaba motivado únicamente por razones egoístas. No se trataba solo de su falta de entusiasmo para dirigir LangTel. Su hermana había crecido a la sombra de Adam, y él lo odiaba. Era tan inteligente como él, tal vez incluso más, rápida y creativa.

—Anna es tan fuerte como cualquier hombre. Tal vez más. Ella me ayudó mucho cuando me pusiste al mando durante tu operación y la primera tanda de tratamientos. No entiendo por qué no le das una oportunidad.

—Acabas de decirlo. Te ayudó. La veo en un papel subordinado. Tal vez como asistente de dirección o algo así. Tú estarás al frente, como siempre soñaste desde que eras pequeño.

Adam no pudo callarse.

—¿Y si yo no quiero dirigir LangTel?

Su padre puso cara de terror.

—No dejes que los deseos de tu hermana nublen el asunto. Por supuesto que vas a dirigir LangTel. Ese ha sido el plan desde el día que naciste, y no voy a cambiarlo ahora. Fin de la discusión.

—Soy un hombre adulto, papá. Tengo mi propia empresa. Tú mejor que nadie deberías apreciar que quiera ver mi sueño hecho realidad. Quiero triunfar con mis propios planes.

Roger le dio un puñetazo al escritorio.

—LangTel es el trabajo de toda mi vida, y la seguridad financiera de tu madre, y tú eres la persona en la que confío. Así que, te guste o no, necesito que aceptes el hecho de que naciste para hacer este trabajo. Punto.

Adam se reclinó en la silla. ¿Cómo iba a discutir con su padre si se estaba enfrentando a la muerte? No podía.

Capítulo Seis

La mayoría de los editores de revistas eran dados a cambios de última hora, y Fiona March, editora jefa de *Metropolitan Style*, no era una excepción. La aparición de Adam en la portada de la revista semanal era uno de los objetivos de la campaña de Melanie y su mayor logro. Así que cuando Fiona la llamó la noche anterior y le pidió que Julia estuviera presente en la entrevista de Adam y en la sesión de fotos, Melanie no tuvo elección. Además, Fiona había decidido hacer ella misma la entrevista, algo que solo hacía un par de veces al año.

Dejó escapar un suspiro y miró los números que había sobre la puerta del ascensor. Pensó en pulsar la alarma. La sirena retrasaría al menos su llegada al ático de Adam y supondría una distracción. Pero no tuvo el valor de pulsar el botón rojo, y las puertas se abrieron al llegar al apartamento de Adam. Aquella era la primera vez que estaba allí desde la noche que pasaron juntos, y ya se le cruzaban imágenes por la mente. Para empeorar las cosas, su paseo por el camino de los recuerdos sería también su primer encuentro con el nuevo «interés amoroso» de Adam, Julia.

La última vez que estuvo en su dormitorio estaba medio desnuda. Las manos de Adam le recorrían todo el cuerpo mientras ella le desabrochaba frenéticamente la camisa y le bajaba la cremallera de los pantalones antes de tropezarse vergonzosamente con su pie. Adam la tomó en brazos y le murmuró al oído:

—Ya no tienes que andar más.

Un minuto más tarde tenía el pelo desparramado por la cama y Adam le estaba cubriendo el cuerpo de besos hasta el vientre. El mero hecho de pensar en ello le provocaba oleadas de calor placentero, y a continuación un vacío. Aquella noche le había necesitado desesperadamente. Igual que la noche de la montaña. ¿Por qué provocaba aquella respuesta en él?

Un fotógrafo del *Metropolitan Style* estaba ocupado captando el salón abierto de techos altos, suelo de madera oscura y muebles de cuero marrón. También había ahora más toques femeninos: una manta de cachemir, velas decorativas y objetos de arte en la mesita auxiliar, todo añadido por un decorador contratado por Melanie y por lo que Adam había protestado.

Aunque no le hacía ninguna ilusión conocer a Julia, necesitaba estar allí para asegurarse de que la entrevista fuera perfecta. Necesitaba hacerle señas a Adam si tomaba el camino incorrecto en sus respuestas. Escudriñó la sala y vio a Adam apoyado en un taburete alto de madera en una esquina con Jack a su lado.

Melanie se acercó a toda prisa y admiró la camisa azul helado que le había convencido que se pusiera. No era lavanda, pero al menos los tiros iban por ahí. Estaba absurdamente guapo vestido en tonos claros, aunque la expresión de su rostro era de angustia.

—Se puede sonreír, ¿sabes? —dijo ella.

El maquillador que estaba trabajando con Adam miró a Melanie.

–Terminaré con él en un minuto. Creo que no lo está disfrutando.

–Solo quiero terminar con esto –murmuró Adam mientras le ponían corrector en la comisura de los labios–. He recibido una docena de correos importantes en los últimos cinco minutos. Esto es lo último que me gustaría estar haciendo en estos momentos.

–Le he obligado a dejar el móvil –comentó el maquillador–. Estaba arrugando la frente, y así no puedo trabajar.

Melanie escuchó una voz de mujer vagamente familiar a su espalda.

–Yo creo que están tan guapo como siempre.

Melanie se dio la vuelta y se encontró cara a cara con la pesadilla más impresionantemente bella que había visto en su vida.

–Tú debes de ser Melanie. Yo soy Julia –le tendió la mano y le dirigió una sonrisa que había visto docenas de veces en las revistas. El cabello castaño y largo le caía por los hombros y tenía un maquillaje mínimo. Y luego estaba la ropa que llevaba.

Julia soltó una carcajada. Sus impresionantes ojos rojos se abrieron de par en par por la sorpresa.

–Oh, Dios mío, llevamos el mismo vestido. ¿Neiman Marcus?

Si Melanie hubiera podido hacer algo en aquel momento, habría aprovechado la oportunidad de pulsar la alarma del ascensor.

–Vaya. Oh. Sí.

–Qué casualidad –Julia se puso el pelo detrás de la oreja. La voz de Julia tenía un tono dulce que hacía sentir cómodo a todo el mundo al instante.

Pero Melanie se negaba a estar cómoda. Estaba demasiado ocupada sintiendo la mirada de Adam en ellas.

—Date la vuelta para que pueda mirarte –Julia hizo un círculo con el dedo en el aire.

A Melanie se le cayó el alma a los pies cuando vio la expresión de Adam. Aquello se parecía demasiado a las cosas que su padre solía obligarla a hacer: girar con un vestido bonito para que lo vieran los vecinos, estar guapa para la gente. Las hermanas de Melanie siempre estaban más guapas que ella, igual que Julia en lo que se refería a mostrar las sublimes líneas del vestido de lana negra.

—Te lo prometo, no te estás perdiendo nada –Melanie rezó para dejar de ser el centro de atención. Sobre todo porque estaba al lado de una mujer con un cuatro por ciento de grasa corporal y sin un solo centímetro de más.

—Te voy a decir una cosa, llenas la falda mucho mejor que yo –Julia se apoyó en el respaldo del sofá de cuero de Adam.

—Está fantástica, ¿verdad, Jules? –intervino Adam.

—Perfecta –Julia cruzó sus kilométricas piernas.

Melanie estaba algo confundida. Tal vez fuera fácil ser generosa en cumplidos cuando siempre se era la mujer más bella de la sala fuera donde fuera.

El ascensor del apartamento de Adam se abrió y Fiona March hizo su entrada con su cabello corto y negro. Llevaba un bolso grande de diseño y una botella enorme de agua.

—Melanie, me alegro de que ya estés aquí. Siento llegar tarde.

Melanie se acercó a toda prisa a ella. Fiona era uno de sus contactos más importantes.

–Tú nunca llegas tarde. Has llegado justo a tiempo.

–Eres un encanto –respondió Fiona–. Pero mientes fatal.

Melanie se rio y guio a Fiona a través de la sala.

–Déjame presentarte a Adam y a Julia.

Los tres intercambiaron saludos, pero Adam parecía distante, como si hubiera algo que le molestara. Melanie se lo llevó a un aparte mientras el cámara ajustaba la luz para las fotos.

–¿Te encuentras bien? –le preguntó alzando la vista pero intentando no mirarle a los ojos.

Adam esbozó una media sonrisa pícara.

–Cuando quieres eres un encanto.

–Solo quiero asegurarme de que estás preparado. Eres mi cliente y necesito que estés bien.

–Ah, así que eso es lo que te preocupa. Si tu cliente va a hacer bien la actuación de hoy.

–No exactamente. Me preocupa de verdad –Melanie le señaló la frente–. El maquillador tenía razón. Se te forma una arruga en la frente cuando piensas demasiado –le tomó del codo–. Si necesitas más tiempo dímelo, ¿de acuerdo? No quiero que te veas atrapado en una situación incómoda.

Adam bajó la vista al brazo que Melanie le estaba sosteniendo con ternura. Su dulce aroma se apoderó de él, las curvas marcadas por aquel vestido negro le atraían, recordándole dónde se ajustaban mejor sus manos, los lugares donde le gustaba ser acariciada.

—Lo vas a hacer de maravilla, no te preocupes —le tranquilizó Melanie.

Adam fingió una sonrisa. Para él suponía un tormento verla en aquella sala, en su apartamento, sabiendo las cosas que habían compartido la primera vez que ella estuvo allí. Tenía aquellas horas grabadas en la memoria. Melanie le había hecho reír, le había hecho gemir de deseo, le hacía sentir algo fuerte y real. Nunca había tenido una química tan poderosa con nadie, ni siquiera con su exprometida, y eso que estuvo profundamente enamorado de ella. La lógica le decía que podría tener algo así con Melanie, pero hacían falta dos para bailar un tango y ella había demostrado que no tenía ningún interés en bailar.

Todavía recordaba las palabras que le dijo Melanie la noche que pasaron juntos, cuando le enredó las piernas alrededor de la cintura, su húmedo calor invitándole a entrar por primera vez. Melanie arqueó la espalda, introdujo su cuerpo en el suyo, se le agarró al cuello con ambas manos y murmuró con la voz más sexy que Adam había oído jamás:

—Eres como un sueño.

Si Adam cerraba los ojos todavía podía oír a Melanie decir aquello y el cuerpo se le ponía tirante.

—Adam —dijo Melanie—, Fiona está lista para empezar la entrevista.

Adam forzó una sonrisa. Había llegado el momento de la actuación. En lo único que podía pensar al sentarse frente a Fiona era en que cuando le preguntara por su relación con Julia, todo se volvería real, al menos de cara al mundo. Las fotos de las revistas solo eran conjeturas. Esto lo convertiría en auténtico, y eso le llevaba a desear ponerse de pie y decirle a todo el mundo que se fuera excepto a Melanie.

–Bueno, Adam –Fiona se inclinó hacia delante y apoyó la mano en la rodilla–. Háblame de tu renovado romance con Julia Keys. Os hemos visto juntos, y estoy segura de que a nuestros lectores les encantaría saber más sobre la pareja más sexy de Manhattan.

Adam se aclaró la garganta, dividido entre lo que Melanie quería que dijera y lo que él quería decir si tuviera la oportunidad de hacerlo.

–¿Qué puedo decir? Julia es una mujer adorable y nos lo estamos pasando muy bien con este reencuentro.

–¿Puedes contarnos cómo volvisteis? –preguntó Fiona.

Adam se revolvió en el asiento y se tiró del cuello de la camisa, recordando el guion que Julia le había dado en el restaurante.

–Bueno, supe que Julia iba a volver a Nueva York y quería verla, así que la llamé –vio por el rabillo del ojo cómo Melanie se fijaba en cada palabra que decía. ¿Estaría haciendo lo que ella quería? Esperaba que sí–. Accedió a verme en su nuevo apartamento cuando llegó a la ciudad. Aquello fue el comienzo.

–No olvides lo de las rosas –intervino Julia acercándose–. Siento interrumpir, pero es que Adam es muy romántico aunque no quiera presumir de ello.

–Cuéntame más –dijo Fiona–. Si a ti te parece bien me encantaría que Julia se uniera a nosotros en la entrevista.

Adam miró a Melanie.

–Tal vez deberíamos preguntárselo a la señorita Costello.

Melanie asintió.

—Claro. Por supuesto. Lo que tú digas, Fiona —la voz le tembló un poco al hablar.

—¿Podemos traer una silla para Julia, por favor? —preguntó Fiona.

Julia se inclinó sobre la silla de Adam y le pasó los brazos por los hombros.

—No te preocupes por mí. Estoy muy bien así —se apretó contra él con una risita—. Sí, Adam me llevó una docena de rosas aquella noche. Fue tan romántico que tuve que decirle que sí, que yo también quería volver con él. Desde entonces todo ha sido como un sueño.

Excepto que no era un sueño. Era una enorme mentira.

Además, Melanie le había dicho a él que era un sueño, y aquel era el único contexto en el que quería volver a escuchar aquella palabra.

El buzón de voz de Melanie y su correo electrónico se habían convertido en el espectáculo de Julia y Adam, y ella era la coreógrafa.

Todo el mundo tenía preguntas. ¿Había sentado por fin Adam la cabeza? Su familia parecía estar convencida de que sí. Roger Langford había llamado a Melanie para darle de nuevo las gracias por su plan. ¿Sería capaz Julia de domarle? Melanie gruñó al leer aquella pregunta. Domar a Adam Langford. Como si aquello fuera posible.

Le sonó el teléfono. Estuvo a punto de no contestar al ver que era Adam. No estaba de humor para hablar con él, pero tenía que hacerlo.

—Hola, Adam.

—Voy camino de tu oficina —se escuchaba el ruido de cláxones de fondo.

—¿Qué? ¿Dónde estás? —Melanie cerró los ojos y se apretó el puente de la nariz—. ¿Por qué?

—Cuántas preguntas. Estoy en el coche, atrapado en un atasco, y llego tarde a la entrevista con esa revista técnica. Estamos a una manzana de tu oficina. Le he pedido a mi asistente que llame al periodista y le diga que nos encontremos allí. A él le viene incluso mejor.

Melanie observó el desastroso escritorio. La zona del vestíbulo estaba bastante ordenada, pero faltaba una cosa importante, alguien que atendiera el mostrador de recepción. ¿Cómo iba a llevar una empresa de relaciones públicas importante sin personal?

Se apresuró a poner una cafetera y a preparar un espacio adecuado para la entrevista en la zona de recepción. Acababa de colocar el último cojín en el sofá cuando Adam entró.

—Lo siento. Llevo un día de locos —dijo Adam pulsando una tecla del móvil y guardándolo en el bolsillo delantero de la camisa. Iba vestido con unos impecables pantalones grises, camisa de vestir negra remangada y sin corbata. Tenía el pelo alborotado y estaba tremendamente sexy.

Adam escudriñó la zona de recepción.

—¿Dónde está todo el mundo?

—¿Todo el mundo? —Melanie se giró y tuvo que hacer un esfuerzo para no acercarse más a él tras aspirar su aroma.

—El personal. Recepcionista. Asistentes. Empleados. Tu lista de clientes es muy larga.

Antes era todavía más larga, cuando Josh estaba allí. Cuando estaba él había muchas cosas: alguien con quien compartir la carga del trabajo, alguien con quien hablar de sus problemas, alguien que la abrazara al final del día y le dijera que todo iba a salir bien. Su sistema de apoyo, su red de seguridad, habían desaparecido.

No tenía fuerzas para seguir mintiendo. Poner un poco de brillo a todo lo que Adam decía era agotador. Resultaba mucho más fácil ser sincera.

—Ahora mismo estoy yo sola. Las cosas son así más sencillas.

—Ah, de acuerdo —Adam parecía escéptico a pesar de sus palabras y frunció el ceño—. Pero, ¿quién lleva la oficina? ¿Quién compra los suministros y arregla los ordenadores? ¿Y quién organiza tus viajes, tu agenda o se encarga de llevar la ropa a la tintorería?

Dicho así sonaba imposible y absurdo.

—Tal vez mi vida no sea tan complicada como la tuya. Trabajo todo el día, vuelvo a casa y me duermo. Y al día siguiente lo mismo.

—Suena aburrido.

Lo era.

—Y poco satisfactorio —tuvo el valor de decir Adam.

—Eso no es verdad, gracias. Y también hace que me resulte muy fácil mantenerme alejada de la prensa sensacionalista.

Se hizo un incómodo silencio.

—Uy.

Melanie se sintió terriblemente mal.

—Lo siento. Eso no venía al caso.

—Solo digo que tendrías más clientes y más importantes si contaras con personal que se ocupara de las cosas pequeñas. Necesitas delegar para triunfar.

Al parecer, Adam no quería dejar el tema.

–Sígueme. Os he preparado un café. A menos que prefieras agua.

–Café, sin duda. Necesito algo que me despierte.

Melanie entró en la moderna cocina. Sacó una bandeja lacada del armarito, puso un mantelito de lino blanco y colocó el azucarero y una jarrita con leche. Añadió dos cucharitas de café.

–¿Queréis algo para mojar? Tengo varios tipos de galletas en la despensa. O podría bajar a la panadería a ver qué pastas tienen.

–¿Lo ves? A eso me refiero. No deberías estar haciendo estas cosas. Eres una mujer de negocios inteligente y muy capaz y trabajas mucho. No deberías andar preocupándote por las pastas y las galletas para los clientes.

Melanie llenó dos tazas de café.

–¿Algo más, señor adivino? ¿Debería estar tomando notas?

–Señor adivino. Muy gracioso. Solo te estoy dando un consejo gratis. Sé de lo que hablo –agarró una de las tazas de café de la encimera y añadió un chorrito de leche–. Hice mi primer millón en la universidad. Sé cómo hacer crecer una empresa.

–Sabes cómo hacer crecer tu empresa. Tenemos dos líneas de trabajo muy diferentes. Créeme, yo sé cómo hacer crecer la mía.

Sí, estaba claro que podría conseguir más clientes si no tuviera que preocuparse de más cosas, como pasar la aspiradora.

—De acuerdo —Adam salió de la cocina y volvió a la zona de recepción—. Ya hablaremos de eso más tarde. Te llevaré a tomar una copa después de la entrevista. Uno de mis bares favoritos de la zona está doblando la esquina.

—¿Una copa? —justo lo que necesitaba. Una nube de licor en su ya cuestionable fuerza de voluntad.

—Sí. Ya sé que se sale del esquema de ir del trabajo a casa, pero creo que te divertirás. No hemos pasado tiempo juntos aparte del trabajo.

—Vamos a seguir hablando de trabajo. Creo que eso cuenta.

—Algo me dice que tocaremos otros temas.

Otros temas. Melanie no quería hablar de su familia ni de su vida amorosa. ¿Qué otros temas había? ¿El tiempo? Pensó en consultar el tiempo en Internet mientras Adam hacía la entrevista. Tal vez hablara de la NBA, porque sabía que Adam era seguidor de los Knicks. Cualquier cosa con tal de desviar la conversación. Si llevaba a Julia, Melanie quería estar preparada para cambiar de tema al instante.

Llamaron a la puerta y un hombre delgado la abrió.

—Creo que estoy en el lugar adecuado. Estoy buscando a Adam Langford.

—Sí, está en el lugar adecuado —respondió Melanie con una sonrisa cruzando la estancia para estrecharle la mano—. Adelante, por favor. He preparado café.

Capítulo Siete

Aquello era lo más cerca que podía estar Adam de tener una cita con Melanie, al menos mientras tuviera una relación falsa con otra mujer. Y al menos mientras Melanie le siguiera poniendo obstáculos y lanzándole señales contradictorias.

Abrió la puerta del pub Flaherty's para ella.

—Las damas primero.

Melanie torció el gesto al mirar el poco iluminado bar.

—Algo me dice que aquí no me van a preparar un mojito.

—Lo siento, Suero de Leche.

Ella le lanzó una mirada acusadora y apretó los labios, pero Adam captó un amago de sonrisa.

—Ya sabes lo que pienso de ese mote.

Él la urgió a entrar.

—Ya, pero es que te cuadra perfectamente. Un poco dulce, un poco amargo. La mayoría de las veces no se me ocurre un nombre mejor para ti.

—Adam Langford, tienes suerte de que necesite tan desesperadamente una copa.

Su bar favorito de Manhattan era todo lo oscuro que podía ser. Melanie se apretó el bolso contra el pecho.

—Esto no es lo que imaginé cuando dijiste que me ibas a llevar a tomar una copa.

Adam sacudió la cabeza y le puso las manos en los hombros.

–Relájate. ¿No confías en mí? Llevo viniendo aquí desde que era adolescente. Me encanta. No se parece a ningún otro sitio que conozca. Mis padres se llevarían un disgusto si lo supieran.

Jones, el camarero de pelo gris, se puso un trapo al hombro y le saludó con una inclinación de cabeza.

–Mira quién está aquí. El hijo pródigo ha vuelto –murmuró.

Adam se rio y le pasó a Melanie la mano por la cintura.

–Vamos –le dijo en voz baja. Aunque Melanie parecía fuera de su elemento, le siguió.

Adam le estrechó la mano a Jones.

–¿Cómo estás, amigo? ¿Qué tal va el negocio?

Jones se subió las gafas de pasta negra por el puente de la nariz.

–Tengo a todas las cerveceras del país tratando de venderme su cerveza, pero por lo demás no me puedo quejar –limpió una mancha de la barra con el trapo–. ¿Dónde están tus modales? ¿No vas a presentarme a la encantadora dama que has traído a mi elegante establecimiento?

Adam asintió. Lo que más le gustaba de Flaherty's era que nadie se tomaba nada demasiado en serio. Nadie especulaba sobre él ni sobre su carácter. Nadie sabía quién era en realidad ni qué se decía de él en los periódicos sensacionalistas. A Jones en concreto solo le interesaban las páginas de deporte y poco más. Allí podía ser solo Adam Langford y llevar a Melanie a tomar una copa.

–Sí, por supuesto. Esta es Melanie Costello. Su oficina está a una manzana de aquí. Me sorprende que no os hayáis visto antes.

Melanie sonrió.

–Seguramente tendremos horarios diferentes.

–Jones, necesito que le prepares a Melanie una bebida especial. Le encantan los mojitos. ¿Tienes algo que se parezca a eso?

Jones resopló.

–¿Estás de broma? Viví dos años en Puerto Rico. Hago el mejor mojito del mundo, mi mujer cultiva la menta que le pongo.

Melanie se subió a uno de los taburetes de la barra y cruzó sus espléndidas piernas.

–Eso suena maravilloso. Hábleme de su mujer. ¿Llevan mucho tiempo casados?

–Se llama Sandy, y llevamos casados veintisiete años –Jones sacó un vaso de cristal y mezcló menta y azúcar en el fondo de una coctelera.

–Nunca imaginé que supieras hacer mojitos –comentó Adam.

–Tal vez porque nunca has pedido más que *bourbon* o cerveza. Y tal vez porque la encantadora Melanie es la primera mujer que has traído aquí.

Ella apoyó el codo en la barra y se giró para mirar a Adam.

–La primera mujer. Me siento muy especial.

Adam sabía que estaba siendo sarcástica, pero le gustaba sacar aquel lado de Melanie, el coqueto y pícaro. Le ponía todo el cuerpo duro, especialmente debajo del cinturón. Optó por no sentarse a su lado y pasó el brazo por el respaldo del taburete del bar. Allí, en aquel lugar en el que era anónimo, podía dejar que su mente vagara imaginando cómo sería estar con Melanie. Que fuera su novia, o algo más. En ese mundo podría lidiar con sus problemas de un modo más sencillo. Si tuviera a Melanie, ella entendería su estrés laboral. Entendería al menos parte de su estrés familiar porque ella había lidiado con cosas similares. Y además mirarla sería un remanso de paz para sus ojos tras un largo día.

Jones terminó de preparar las bebidas.

—La tuya la apunto en tu cuenta, Adam. A Melanie la invita la casa —dijo guiñándole a ella un ojo.

A Adam no le sorprendía el intento de coqueteo de Jones. ¿Cómo no iba a sentirse cualquier hombre atraído por ella? Aparte de su belleza, sus ojos azules, los labios rosados y las curvas de su cuerpo, había algo en ella que resultaba sencillamente magnético. Por un lado estaba su espíritu independiente y su amor al trabajo, pero también tenía una gran vulnerabilidad. Dentro de ella había también una mujer cariñosa y dulce.

Melanie metió una pajita en el vaso.

—Esto está delicioso, Jones. Es el mejor que he tomado jamás, y eso que he probado muchos.

Adam disfrutó de la visión de Melanie relamiéndose la comisura de los labios con gesto satisfecho.

—Vamos a sentarnos en la mesa de la esquina —sugirió él.

—¿La quieres solo para ti? —preguntó Jones.

—No soy idiota —replicó Adam retirando su bebida de la barra.

Se acomodaron en la mesita de la esquina. Melanie colocó su enorme bolso entre ellos.

Maldición. Adam contaba con la posibilidad de acercarse un poco más a ella.

—Háblame de Relaciones Públicas Costello. Quiero saber cómo puedes llevarlo todo tú sola. Y no me digas que lo haces porque eso simplifica las cosas. No me lo creo.

Melanie ladeó la cabeza.

—¿Qué tiene de raro? Soy capaz de hacer muchas cosas.

—Nunca he dicho lo contrario. Solo digo que llegarías más lejos si tuvieras personal de apoyo. Debes estar ingresando suficiente dinero. Sé cuánto te paga mi padre y es una cantidad importante.

Melanie dejó escapar un suspiro resignado.

—Digamos que tengo pendiente todavía un crédito por la oficina y que sigo pagando los muebles —Melanie sacudió la cabeza y le dio otro sorbo a su mojito—. Si quieres saberlo, esa es la razón por la que no tengo personal. No puedo permitírmelo. Todavía —puso un dedo en la mesa—. Algún día podré.

—¿Por qué necesitas tanto dinero para la oficina? Seguro que tenías un plan de negocios, un presupuesto para los primeros años.

—Fue idea de mi antiguo socio.

—Pues demándalo.

Melanie hizo una breve pausa antes de contestar, como si estuviera calculando qué decir.

—No es tan sencillo.

—Claro que sí. En estos casos hay que ser despiadado. Solo son negocios.

—Es algo más —Melanie volvió a darle otro sorbo a su bebida—. Es algo personal. Muy personal.

Además de personal, estaba claro que se trataba de un tema delicado. Tal vez no le gustara hablar de trabajo en su tiempo libre. No era intención de Adam arrastrarla a una conversación que no le agradara, especialmente ahora que por fin tenía la oportunidad de salir con ella, pero necesitaba saberlo.

–Te escucho. Cuéntamelo todo.

–Prefiero no hablar de ello.

Adam luchó contra la decepción que le producía que no confiara en él, pero tenía que seguir intentándolo.

–Por favor, no tengas miedo de confiar en mí. Solo intento ayudarte. No voy a juzgarte.

Melanie le miró a los ojos, suspiró y finalmente dejó caer los hombros.

–Mi socio era también mi novio, yo creía que se convertiría en mi prometido pero no fue así. Tuvo una aventura con una de nuestras clientas mientras vivía conmigo y hablábamos de matrimonio y de tener hijos –la voz se le quebró, pero continuó hablando–. Se marchó con ella a San Francisco. Y desgraciadamente, yo confiaba en él y mi nombre es el único que figura en el crédito. A todos los efectos, Relaciones Públicas Costello es todo mío. Para bien o para mal.

Adam sintió una oleada de rabia y el impulso de pegarle un puñetazo al ex de Melanie.

–Lo siento mucho. Menudo sinvergüenza.

Intentó tomarle la mano por encima de la mesa, pero ella la retiró y apuró lo que le quedaba de mojito.

–Una aventura con una clienta. Es horrible –y entonces cayó. Además del contrato con su padre, había otra razón para mantenerlo a raya.

Adam quiso decirle que su ex era un cobarde.

—Tu ex lo hizo mal, no tendría por qué haber sido así. Si dos personas se sienten atraídas la una por la otra pueden esperar a que termine su relación laboral para iniciar una relación romántica.

—Pero esas dos personas tendrían que ser libres, no tener ningún compromiso —estaba claro que se refería a Julia, aunque no la nombró—. Y las dos tienen que ser capaces de comprometerse. Porque yo no tengo relaciones esporádicas. No va conmigo.

¿Significaba eso que estaba interesada? ¿Podría empezar él una relación así? Normalmente se dejaba llevar sin implicarse demasiado, pero Melanie se merecía mucho más.

El móvil de Adam emitió el sonido de un mensaje. Maldición. Justo cuando empezaba a hacer avances con Melanie.

—Lo siento. Debería haberlo puesto en vibración.

—No pasa nada, lo entiendo

Adam se estremeció al leer el mensaje de Julia: «Te necesito para cenar. El sábado. Director en la ciudad».

Resultó que aquella falsa relación beneficiaba a Julia más de lo que Adam pensó en un principio. Iban a ofrecerle un gran papel como esposa de un mafioso de Long Island, algo que según su agente nunca le habrían ofrecido si no hubiera estado saliendo con un hombre tan controvertido. Julia estaba convencida de que era su oportunidad para conseguir un premio de la academia.

El mensaje era un desagradable recordatorio de lo que le esperaba fuera de Flaherty's: obligaciones relacionadas con las necesidades de otras personas que le mantenían alejado de Melanie, y justo cuando la estaba convenciendo para que se abriera un poco. Ella sabía muchas cosas sobre él, incluso las malas. Adam no sabía mucho más aparte de lo de Miss Suero de Leche y lo del malnacido de su ex.

—¿Crisis en la oficina? —preguntó Melanie.

Adam apagó el móvil y se lo guardó en el bolsillo.

—No, solo algo que tendrá que esperar —sonrió y agradeció la vuelta a la conversación con Melanie—. ¿Por dónde íbamos?

—Por ningún sitio. Me gustaría cambiar de tema —miró hacia atrás—. O poner una canción en la gramola —rebuscó en el bolso—. Vaya, no tengo cambio.

—La máquina admite monedas de veinticinco centavos. Se los pediré a Jones.

—Y otra copa —Melanie alzó su vaso y lo agitó.

Adam se rio entre dientes. Adoraba su lado juguetón, sobre todo porque no lo mostraba con frecuencia. Melanie se levantó y se dirigió a la gramola. Adam consiguió cambio y otra ronda de bebidas mientras observaba el balanceo de las caderas de Melanie avanzando hacia la máquina. Habría dado cualquier cosa con tal de tener la oportunidad de acercarse a ella por detrás, rodearle la cintura y besarla en el cuello.

—Ya era hora —dijo ella cuando Adam se le acercó. Le quitó las monedas de la mano y luego seleccionó varias canciones en la gramola.

—¿Yo no puedo escoger ninguna? —Adam se acercó a ella hasta que tuvo la cadera prácticamente pegada a la suya.

Melanie pulsó otro número.

—De acuerdo, puedes elegir una canción. Pero más

te vale que sea buena –Melanie revolvió la bebida con la pajita–. Podría tomarme siete de estos, pero tendrías que meterme en un taxi porque o me quedaría dormida o me pondría muy tonta.

–No quiero que bebas tanto, pero esta noche haré todo lo que tú quieras.

Melanie sonrió con picardía.

–¿Estás seguro de lo que dices? Porque quiero bailar.

–Este no es lugar para bailar.

–Tal vez haya que cambiar eso –Melanie le agarró la mano y se la puso en la cadera.

Adam le tomó la otra mano, entrelazó los dedos con los suyos y tiró de ella con un golpe seco.

–¿Y si te digo que no sé bailar? –le deslizó la mano hacia la parte baja de la espalda y comenzó a moverse acompasadamente en la improvisada pista de baile.

–Te contestaría que eres un mentiroso –murmuró Melanie siguiéndole el paso.

Era la menor de las rendiciones, pero Adam aprovecharía todo lo que pudiera recibir de ella. Hasta la última gota.

–La verdad es que no me gusta bailar, pero esto sí me gusta. Mucho. Al menos puedo tenerte entre mis brazos.

–¿Te llega con tres minutos? Eso es lo que dura una canción, ¿verdad?

–Hemos metido dos dólares. He comprado veinte minutos, si los números no me fallan.

–Si juegas bien tus cartas, me quedaré ese tiempo.

Adam se rio en voz baja.

–A ti y a mí se nos da muy bien hablar dando rodeos.

Melanie le miró a los ojos sin ningún temor.

—Pues dime, Adam. Dime qué estás pensando.

Tal vez los mojitos le hubieran dado valor, y él tenía que estar a la altura.

Aspiró con fuerza el aire y se preparó, confiando en que aquello no supusiera un obstáculo todavía mayor entre ellos. Eso fue justo lo que sucedió la última vez que fue sincero respecto a sus sentimientos.

—Estoy pensando en que eres guapa, inteligente, sexy y divertida. Estoy pensando que hace falta ser un imbécil para dejar a alguien como tú. Estoy pensando que tal vez yo también lo sea por pasar tiempo con Julia cuando podría estar intentando construir algo contigo.

Melanie parpadeó varias veces, como si estuviera intentando asimilar lo que le había dicho.

—Vaya.

—¿Es demasiado?

—Eh… no —Melanie sacudió la cabeza—. Solo estoy sorprendida.

—¿Qué parte te sorprende? Sin duda sabes lo que siento por ti. Y que aprovecharía cualquier oportunidad contigo que se me presentara.

—¿Y con qué fin? ¿Para que podamos salir una semana o dos y luego te aburras de mí?

A Adam le latía con fuerza el corazón. Si se aburría de las mujeres era porque no venían con el paquete completo. No eran como Melanie.

—Nunca podría aburrirme de ti. Nunca.

—¿Cómo quieres que me crea eso, Adam? Ni siquiera estando prometido fuiste capaz de conservar el interés.

Capítulo Ocho

Roger Langford le estaba pagando a Melanie una importante suma de dinero, pero el trabajo no incluía planear fiestas. Aceptó el trabajo extra porque la gala anual de LangTel incluía recaudar dinero para obras benéficas. La otra parte de la ecuación era que todo su trabajo con Adam desembocaba en aquella noche. Tenía que ser perfecta. Haría todo lo posible para que así fuera.

Melanie llegó unos minutos tarde y con un tremendo dolor de cabeza al salón de baile en el que se iba a celebrar la gala. Anna, la hermana de Adam, ya estaba allí.

Anna sonrió y le estrechó la mano a Melanie.

—Gracias por reunirte conmigo y ayudarme. Me siento fuera de lugar con este tipo de cosas. Llevaba la larga melena castaña, del mismo color que Adam, recogida en una coleta. Su actitud exudaba elegancia y profesionalidad.

—No es ningún problema. Tengo mucha experiencia organizando fiestas para clientes.

Pensar en la gala ponía triste a Melanie. Aquella noche significaba el fin del trabajo con Adam. Él volvería a su vida y ella a la suya.

Las dos mujeres avanzaron por el opulento espacio repasando las notas que les había dado el asistente de

Roger Langford. Los manteles de lino, la decoración y el menú se habían decidido meses atrás. Melanie y Anna solo tenían que hablar de los tiempos de la fiesta, ya que Roger haría entonces su gran anuncio y Adam se encargaría de los comentarios finales.

–Creo que una hora será suficiente para el cóctel –dijo Melanie–. Me aseguraré de que los medios estén situados en un buen lugar para verlo todo. Luego tu padre pronunciará su discurso, que espero sea corto.

Sonó el móvil de Melanie, pero ella dejó que saltara el buzón de voz.

Anna dejó escapar un suspiro que daba a entender que no lo encontraba gracioso.

–Yo no apostaría por ello. A mí padre le encanta el sonido de su propia voz.

–Todavía tengo que trabajar en el discurso de Adam, así que ayudaré también a tu padre. Si se extiende demasiado las televisiones cortarán la emisión. Después de eso, Adam se subirá al escenario, dirigirá unas palabras, brindaremos y se servirá la cena.

–El rey habrá subido al trono. Es como una especie de coronación –murmuró Anna–. Mi padre lleva esperando este momento desde que Adam nació. Pero todos creíamos que esto sucedería cuando mi padre se jubilara, nunca imaginamos que tendría lugar porque se estuviera muriendo.

Melanie sintió lástima por Anna y también por Adam. Ver apagarse a su padre debía ser algo muy difícil.

–No puedo ni imaginar lo duro que debe ser para vosotros –volvió a sonarle el teléfono, pero dejó de nuevo que saltara el contestador.

—Gracias —dijo Anna—. No estoy muy segura de por qué mi padre me ha puesto al mando de los detalles finales de la fiesta, aunque supongo que quiso arrojarme un hueso.

—¿Arrojarte un hueso?

Anna miró al techo.

—Me sorprende que Adam no te lo haya contado. He estado esperando para ocupar el lugar de Adam desde antes de que mi padre enfermara. Me gustaría ser yo quien cumpliera su sueño para LangTel. Desgraciadamente, la lógica de mi padre está anclada en los años cincuenta. Cree que las mujeres deben dedicarse a ir de compras, no a los negocios.

Melanie no pudo evitar simpatizar con Anna.

—Mi padre me trata igual. Está esperando a que caiga para poder decirme que ya me lo advirtió. Por supuesto, eso me lleva a trabajar más duro para demostrarle que está equivocado.

Anna sonrió.

—Exacto. ¿Sabes lo duro que trabajé en Harvard para sacar mejores notas que Adam y demostrarle a mi padre que soy igual de capaz que él?

—Me lo imagino. Tu hermano es un tipo muy inteligente.

El teléfono de Melanie sonó por tercera vez.

—Hay alguien que quiere ponerse en contacto conmigo a toda costa. Lo siento mucho.

—No pasa nada.

—Hola, soy Melanie —contestó.

—Señorita Costello, soy Beth, una de las productoras de Midnight Hour. Hemos tenido una cancelación de última hora para el programa de esta noche. Uno de nuestros invitados se ha puesto enfermo. ¿Sigue disponible Adam Langford? Nos encantaría contar con él.

Melanie consultó su reloj.

–¿A qué hora?

–¿Podría estar aquí dentro de una hora para maquillaje y peluquería?

–Sí, por supuesto. Allí estaremos.

Dos horas después de que Adam recibiera la frenética llamada telefónica de Melanie ya estaba preparado para ponerse delante de las cámaras de Midnight Hour. Casi preparado.

–No sé qué me pasa. No dejo de sudar.

Melanie agitó una revista frente a su cara.

–Vas a tener que encontrar la manera de parar. Con fuerza de voluntad o algo así.

A juzgar por su expresión, estaba tan horrorizada como él por su estado físico.

–Tal vez si me hubieras avisado con más tiempo… –lamentó sonar tan molesto, pero seguía enfadado por las cosas que Melanie le había dicho unas cuantas noches atrás en Flaherty's.

Sí, había cometido errores cuando se prometió. Ahora era más sabio, aunque nadie parecía creerlo. Y la sugerencia de Melanie de que podría llegar a aburrirse resultaba absurda. En parte se sentía tan atraído hacia ella porque nunca le aburría.

–Relájate –dijo Melanie intentando calmarle–. Todo va a salir bien.

–No lo entiendes. Yo nunca me pongo nervioso –Adam se pasó una mano por el pelo.

—Deja de revolverte el pelo.

Adam gimió entre dientes.

—¿Te das cuenta de que voy a salir en un programa que ven millones de personas? Personas que esperan que los invitados sean divertidos, inteligentes y encantadores. Y yo no sé actuar si me dan órdenes.

Melanie sonrió.

—No me gusta verte pasarlo mal, pero sí me gusta ver una abolladura en la armadura de vez en cuando —le puso firmemente las manos sobre los hombros—. En primer lugar, tienes que hacer diez respiraciones profundas. En segundo lugar, necesitas otra camisa. No voy a dejarte salir en televisión con esa que llevas —se acercó al perchero del minúsculo vestidor y escogió la de repuesto—. Quítate la camisa.

Adam se la desabrochó y se distrajo con la visión de Melanie. Cada centímetro de su cuerpo acariciaba la idea de hacer aquello mismo con ella, desnudarse de verdad. En su fantasía era ella quien le desabrochaba la camisa. Pero Melanie no le tomaba en serio sentimentalmente hablando. Su trabajo y su empresa eran su prioridad.

Melanie agarró un desodorante de la cómoda y se lo lanzó.

—Esto me recuerda que debemos decidir qué vas a llevar en la gala. Necesitamos algo que quede perfecto en las fotos y en televisión. Podemos verlo mientras repasamos tu discurso.

—Eh… sí, claro.

—¿Señor Langford? —la regidora entró en el vestidor portapapeles en mano—. Cinco minutos para entrar —entonces pareció darse cuenta del problema—. Tiene treinta segundos para ponerse esa camisa. Maquillaje viene en camino para los últimos retoques.

Melanie le tendió la camisa.

—Yo te abrocho la pechera y tú los puños.

La maquilladora entró a toda prisa. Le puso dos pañuelos de papel en el cuello y le pasó una esponja cosmética por la cara.

—Está usted sudando —afirmó apretando los labios—. Tiene que dejar de hacerlo.

—Todo va a salir bien —intervino Melanie ladeando la cabeza—. Es tan guapo que la cámara le adorará aunque sude a chorros.

Adam sabía que solo estaba tratando de distraerle, pero sintió el corazón más ligero al escucharle decir aquello. No pudo evitarlo.

La maquilladora le quitó los pañuelos de papel del cuello.

—Esto es lo máximo que puedo hacer.

Melanie le estiró la camisa.

—Dices que estás nervioso, pero en realidad no lo estás. Tengo clientes que se ponen mucho peor que tú. Lo vas a hacer de maravilla, te conozco. Te los vas a meter en el bolsillo a todos.

¿Cuándo fue la última vez que alguien le dijo algo así?

—Eres increíble. Creo que nadie tiene conmigo tanta paciencia como tú.

—Confío plenamente en ti. Nunca he dudado de tu habilidad para hacer lo que te propongas.

Adam se inclinó hacia delante, la agarró suavemente de los codos y la besó en la sien.

—Gracias.

La regidora asomó la cabeza en el vestidor.

—Señor Langford, ya es la hora —los guio por un pequeño pasillo hasta la entrada del plató.

Adam aspiró con fuerza el aire. Si no dejaba de pensar en Melanie tendría que explicar algo más que un escándalo sexual en televisión. Trató de conjurar pensamientos desagradables para cortar la marea de sangre que le llegaba a la entrepierna.

Melanie se había preparado para lo peor. Qué pérdida de tiempo.

En cuanto Adam estuvo bajo las luces del plató, puso en marcha su irresistible encanto y el mundo entero cayó bajo su hechizo, o al menos todos los que estaban en el plató. Melanie sabía muy bien lo que era verse engullido por Adam. La audiencia no tenía ninguna posibilidad.

El presentador, Billy Danville, no dudó en usar la carta de la broma y empezó la entrevista colocándose en la cabeza una tiara con la palabra «princesa» escrita en brillantes cuentas de colores.

—Bueno, Adam, tengo entendido que ha habido un escándalo.

Tres semanas atrás, Adam no habría soportado la broma. Habría puesto los ojos en blanco y le habría dicho a Billy que se ocupara de sus propios asuntos. Pero ahora no. Adam no se inmutó. Se recostó en la silla con una sonrisa irónica.

—¿Ah, sí? He estado tan metido en la liga de baloncesto universitario que no me he enterado.

El público se rio. El presentador también. Y Melanie.

–No, en serio –Billy se quitó afortunadamente la tiara–. Parece que has dejado el escándalo atrás. Hemos tenido la oportunidad de conocerte por las entrevistas que has dado estas últimas semanas, y eso es estupendo. Ahora ya sabemos que no solo eres un mago de la informática guapo, sino que también te gusta mirarle el trasero a tu novia.

–El mayor pasatiempo americano –respondió Adam.

El público volvió a reírse.

–Bueno, háblanos de tu relación con Julia Keys –continuó Billy–. Los periódicos lo pintan muy serio. ¿Escucharemos campanas de boda en un futuro?

¿Campanas de boda? Melanie contuvo el aliento. No sabía qué iba a responder Adam, ni qué quería ella que respondiera.

Adam cambió de postura.

–No. Nada de campanas de boda a pesar de lo que diga la prensa.

–Pero, ¿va todo bien?

–Oh, sin duda. Todo va perfectamente. ¿Qué puedo decir? Julia es una mujer preciosa, inteligente y con talento. Cualquier hombre sería afortunado de pasar tiempo con ella.

Billy asintió vigorosamente.

–Por supuesto. Puedes darle mi número por si se cansa de ti.

Adam siguió esquivando los golpes, aceptando las bromas a su costa, manejando todos los temas sensibles, y hubo muchos, incluidas las cosas que su exprometida había dicho sobre su incapacidad para el compromiso, y finalmente, la pregunta sobre la salud de su padre.

Billy ordenó las fichas de guion que tenía entre las manos.

—Odio tener que sacar este tema, pero corre el rumor de que la enfermedad de tu padre es mucho peor de lo que se nos ha dicho.

Adam apretó los labios.

—Mi padre está recibiendo un tratamiento médico excelente. Está en muy buenas manos. Es obstinado como una mula y sigue yendo todos los días a la oficina.

Todo era cierto. Y ocultaba la realidad que los Langford no querían hacer pública. Adam había aprendido a manejar las preguntas duras de forma impecable.

—¿Y en qué momento te harás con la dirección de LangTel? —preguntó Billy, que no parecía haberse dado cuenta de que Adam no había respondido en realidad a la pregunta.

—Todavía falta mucho para eso, si es que llega a ocurrir. Intento no pensar demasiado en ello.

Cuando Adam salió del plató, Melanie sintió como si le hubieran quitado un enorme peso de encima. Su aparición en Midnight Hour había sido un éxito. No podía estar más orgullosa.

—¿Y bien? No lo he hecho mal, ¿verdad? —preguntó. La sonrisa de su cara indicaba que sabía que lo había hecho mucho mejor que bien.

—Espectacular. Esa es la palabra.

—Esto hay que celebrarlo con champán —dijo Adam entrando con ella en el vestidor—. Podríamos tomarlo en mi apartamento. Solo una copita. Será divertido.

—Es tarde. Mañana trabajas, y yo también.

–Y que yo sepa, hemos estado trabajando toda la noche. Necesitamos un descanso y una celebración. Te prometo que seré un perfecto caballero.

Las burbujas brotaron espumosas cuando Adam llenó las dos copas. Tal vez fuera el subidón por haber triunfado en su aparición en Midnight Hour, pero notaba todos los sentidos agudizados. O tal vez se debiera a tener a Melanie en su apartamento a solas.

Melanie entrechocó la copa con la suya. Ella bebió, le brillaban los ojos. La expresión de su rostro le resultaba familiar, era de coqueteo, de invitación. Le llevó a querer intentarlo otra vez, aunque sabía que podía terminar con las manos de Melanie en su pecho pidiéndole que no siguiera.

–Esta noche has estado realmente espectacular, de verdad –afirmó ella.

Adam se desabrochó los puños de la camisa y se la remangó, sintiéndose en la cima del mundo. Melanie y él habían triunfado juntos.

–Gracias, pero todo el mérito es tuyo. Si no me hubieras asesorado antes, habría metido la pata.

–Sabía que lo ibas a hacer de maravilla –Melanie ignoró su halago y se apoyó en el marco de uno de los ventanales. Las luces de la ciudad se reflejaban en ella con brillo singular.

–¿Y si te digo que ahora te voy a besar? –le preguntó él–. ¿Crees que eso también lo haré de maravilla?

–Adam, por favor.

–Pero quiero hacerlo. No puedo pensar en otra cosa desde que estuvimos en Flaherty's. Y ahora, al verte con la luz de la luna, con ese vestido, recordando cómo se ajustan mis manos a la curva de tu espalda…

—Eso suena a bastante más que un beso.

—Si lo hacemos bien, entonces sí.

Melanie mantuvo la mirada fija en la ciudad.

—¿Y qué pasa con Julia?

—Ella no es lo que quiero.

Melanie se rio en un susurro.

—Voy a necesitar más champán para creerme eso. Tú mismo lo has dicho esta noche. Cualquier hombre daría lo que fuera por estar con ella.

Adam sacudió la cabeza

—No. He dicho que cualquier hombre sería afortunado de pasar tiempo con ella. No es lo mismo.

—Has aprendido muy bien el arte de darle la vuelta a las cosas.

Adam le puso la mano en el hombro, obligándola a mirarle.

—Por favor, dime que sabes que esto no es real. Fue idea tuya. Es tu plan.

Ella se dio la vuelta y le observó el rostro como si buscara la respuesta.

—Tú mismo lo has dicho. No se te da bien fingir. Os he visto juntos. Parece real.

—Las fotos son todo lo reales que las revistas quieren que sean. Tú deberías saberlo mejor que nadie.

—Lo sé —asintió, pero sus ojos mostraban todavía duda—. Pero es que resulta muy convincente.

Adam sacudió la cabeza. ¿Cómo podía conseguir que le creyera?

—Todo es obra de Julia. Yo solo sigo sus pistas. No es a ella a quien deseo. Es a ti.

Melanie le tomó la mano. Parecía como si la tierra se hubiera detenido.

–Tal vez no me baste con palabras. Tal vez necesito que me lo demuestres.

Adam le quitó la copa de champán de la mano y la dejó sobre la mesa sin apartar en ningún momento los ojos de ella.

–He estado esperando para demostrártelo. Es lo único que quiero hacer –le sujetó la cara con ambas manos mientras la miraba a los ojos. La sangre le recorría el cuerpo como un río salvaje. Si había justicia en el mundo, Melanie sería suya. Era el deseo más innegable que había tenido en su vida–. Déjame demostrártelo toda la noche.

Melanie contuvo el aliento cuando Adam bajó la cabeza y la besó. La sensación de su boca sobre la suya resultaba arrebatadora. No cabía duda de que la deseaba. Y ella necesitaba tenerlo cerca, ansiaba su calor. Se arqueó contra él y unió la lengua a la suya.

Semanas de contención la habían llevado al límite. Quería saborear cada caricia, y al mismo tiempo todo iba demasiado despacio. Le desabrochó con frenesí la camisa.

–Verte cambiarte esta noche ha sido una tortura –le deslizó los dedos por el plano vientre y los abdominales hasta llegar a los hombros y dejarle caer la camisa al suelo–. Solo quería tocarte.

–Estar cerca de ti es una tortura. La mitad del tiempo no puedo pensar con claridad.

Adam la estrechó entre sus brazos y la sostuvo con

fuerza. Melanie disfrutó del calor que salía de su piel desnuda. Estaba exactamente donde quería estar. Sintió una oleada de alivio y de deseo en el vientre. Por fin iba a tener lo que deseaba, lo que había pasado todo el año pasado anhelando: a Adam.

La besó en el cuello y le bajó la cremallera del vestido, deslizándoselo por los hombros. Melanie lo dejó caer al suelo y empezó a desabrocharle el cinturón.

Adam la detuvo con las manos.

–Aquí no –murmuró jadeando–. Quiero tenerte en mi habitación. He esperado mucho tiempo para hacerte el amor. Quiero que sea perfecto.

La tomó de la mano y la guio a través del salón por un pasillo hasta llegar a su dormitorio.

–Mucho mejor –murmuró tomándola de la cintura con las dos manos y tumbándola sobre la cama–. Necesito mirarte –la pálida luz de la luna se filtraba por la ventana, arrojando un brillo sobre ellos. Adam le deslizó la mirada por el cuerpo–. Eres preciosa.

Melanie tampoco podía apartar los ojos de él. La cincelada barbilla, el pecho definido. Quería recorrerle entero con las manos y quería sentirlo en su interior.

–Basta de mirar, Langford. Te necesito ahora –Melanie se acercó al extremo de la cama, se sentó y le quitó el cinturón y los pantalones.

Estaba duro como una roca, sobre todo en la parte que tenía justo delante. Le bajó los boxer por las caderas y le rodeó la virilidad con los dedos.

Adam cerró los ojos y gimió, agarrándola de los hombros y tumbándola otra vez sobre la cama. Se tumbó a su lado y le desabrochó el sujetador. Se introdujo un pecho en la boca y le succionó suavemente el pezón mientras le deslizaba las braguitas por las caderas. A Melanie se le puso la piel de gallina al presentir lo que iba a suceder. Nada se interponía entre ellos. Tenían las piernas entrelazadas y las caderas unidas. Los besos se iban haciendo más rápidos y apasionados.

–Déjame ponerme un preservativo –dijo Adam sin aliento abriendo el cajón de la mesilla.

–Yo te lo pongo –Melanie quería disfrutar de todas las oportunidades que tuviera para tocarlo.

Adam se lo pasó.

–¿Te he dicho ya que eres perfecta?

–No –Melanie se colocó a horcajadas sobre él, disfrutando de su expresión de placer mientras se ocupaba del asunto–. Así que dímelo.

Adam se rio entre dientes.

–Creí que habíamos quedado en que te lo iba a demostrar –Adam la atrajo hacia sí y la besó como si quisiera recuperar el tiempo que habían perdido–. Necesito sentirme lo más cerca posible de ti.

Melanie alzó las caderas y metió la mano entre las piernas, ocupándose de él con la mano, guiándole hacia el interior. En aquel instante los dos contuvieron el aliento, Adam la llenó mientras ella se hundía en él y su cuerpo lo rodeaba. Cuando ambos respiraron ya eran uno, y no tenían suficiente el uno del otro.

Los besos llegaron al máximo de pasión mientras se movían hacia delante y hacia atrás en ritmo perfecto. El placer se apoderó de Melanie. El modo en que Adam movía las caderas fue acrecentando la presión a un ritmo que su cuerpo trataba de seguir. Supo que el éxtasis llegaría con total intensidad. Había esperado mucho para este momento y por fin estaba sucediendo.

Adam prendió fuego a cada fibra de su ser, como hizo la primera vez, solo que en esta ocasión era mucho mejor porque ahora lo conocía a un nivel más profundo. Tenían una historia en común.

Adam la colocó de lado y le deslizó los dedos entre el pelo, besándola suavemente mientras la penetraba con largos y lentos embates. Ella le pasó una pierna por la cadera, acercándolo más a sí.

—Eres maravillosa —murmuró Adam entre besos. Le deslizó los labios por la mandíbula y por el cuello, deteniéndose en el seno, sosteniéndolo y apretándolo. Lo lamió y lo succionó, llevándola hacia la cima.

Sus respiraciones se volvieron todavía más agitadas. Melanie estaba al borde. La presa estaba a punto de romperse. Adam redobló sus esfuerzos hasta que ella echó la cabeza hacia atrás y se dejó llevar por las oleadas de gozo.

Adam la siguió casi al instante, gritando mientras su cuerpo se paralizaba antes de estremecerse con su propio orgasmo. Estrechó a Melanie entre sus brazos mientras recuperaban el aliento. La besó en la frente con dulzura una y otra vez.

¿Aquello era real? ¿Se trataba de un sueño? Melanie se entregó al calor del cuerpo de Adam y a la dulzura de sus inolvidables besos.

—Ha sido increíble —dijo Adam.

—Espectacular —replicó ella besándole y deslizándole los dedos por el pelo revuelto.

—Tengo que decir una cosa para que no haya malentendidos.

A Melanie le dio un vuelco al corazón.

—¿Sí?

–No vas a ir a ninguna parte. No quiero que te marches después de lo que hemos compartido. Necesito que te quedes a pasar la noche.

Melanie volvió a sentirse feliz. Adam quería que se quedara. Pero enseguida cayó en la cuenta de las implicaciones.

–¿Estás seguro de que es una buena idea? Podría haber fotógrafos en la puerta del edificio. No estaría bien que me vieran salir de aquí por la mañana.

–Entonces ya veremos qué hacemos. No voy a perderte de vista. Esta noche te quedas aquí. Conmigo. Toda la noche. ¿De acuerdo?

¿Cómo era aquel dicho de echarle toda la carne al asador? Ella ya había hecho lo que había jurado que nunca haría y había valido la pena. Si algo salía mal, Adam y ella lidiarían con la situación juntos. Por el momento se tenían el uno al otro y toda la noche por delante.

–Por supuesto que me quedaré. Toda la noche.

Capítulo Nueve

Melanie se despertó sintiendo como si flotara en un sueño. ¿Había sucedido de verdad lo de la noche anterior? El sol de la mañana se filtraba a través de las ventanas del dormitorio de Adam. Melanie se subió la sábana al pecho. La sábana de Adam. La cama de Adam.

Se escuchó el inconfundible sonido de unas patas en el suelo de madera y Jack apareció por la puerta. En cuanto la vio, se acercó a ella.

–Buenos días, amigo –Melanie se puso de lado para mirarle.

El perro bajó la cabeza para que le acariciara detrás de las orejas, y ella así lo hizo.

–Menuda pareja hacéis –dijo Adam a su espalda.

Melanie miró atrás, atraída por su tono de voz soñoliento. Se quedó sin respiración al verlo con aquellos pantalones de pijama grises y sin camisa. Llevaba dos tazas de café en la mano.

–Buenos días –Melanie no pudo evitar sonreír al verlo tan sexy.

Adam apoyó la rodilla en la cama y se inclinó para darle un beso en la frente.

–Buenos días, preciosa –le pasó una taza–. Leche y una de azúcar, ¿verdad?

Ella asintió sin dar crédito a que se acordara.

Sopló suavemente el café y le dio un sorbito. Se

sentía bien, pero algo turbada. La noche anterior había sido absolutamente maravillosa, le había encantado rendirse por fin a él, pero no cabía duda de que se había tratado de un momento de debilidad.

Lo que más le preocupaba era el contrato que tenía con su padre. Había hecho un pacto consigo misma para honrar aquel acuerdo, y lo había roto. Odiaba tener que poner excusas, pero era la única manera de lidiar con lo que había hecho.

—Ojalá pudiéramos pasar la mañana en la cama —Adam dejó la taza de café en la mesilla y se metió bajo las sábanas con ella—. Pero tengo una tonelada de reuniones que empiezan a las nueve.

—Reuniones —a Melanie le latió el corazón con fuerza—. Oh, Dios mío, ¿qué hora es?

—Poco más de las siete. No me digas que llegas tarde a algo, es muy temprano.

—Yo también tengo una reunión a las nueve en punto. Pero tengo que llegar a mi apartamento, ducharme, cambiarme y luego ir a la oficina y preparar café. Si no me voy ahora mismo no llegaré —Melanie apartó las sábanas y se dio cuenta al instante de que estaba desnuda. Agarró una almohada y se cubrió el cuerpo, escudriñando el suelo en busca de las braguitas y el sujetador.

—Es un poco tarde para el recato, Suero de Leche. No queda en tu cuerpo un solo centímetro que no haya explorado anoche.

—¿Puedes, por favor, ayudarme a encontrar mi ropa interior?

Adam buscó en su lado de la cama y sacó las prendas.

–¿No me puedo quedar esto de recuerdo?

Ella se las quitó de la mano.

–Muy gracioso –se sujetó la almohada en el pecho con la barbilla y agarró la ropa interior. No sabía muy bien por qué no quería que Adam la viera desnuda ahora. Tal vez se sentía culpable–. Tengo que encontrar mi vestido.

Dejó a un lado la almohada y corrió al salón. Adam la siguió. Ver el vestido y los zapatos tirados en el suelo hizo que recordara todo de golpe, el calor de su mano en la espalda desnuda, sus besos, el glorioso modo en que la había llenado.

–Espera un momento –le pidió Adam mientras ella trataba de ponerse el vestido–. Por el amor de Dios, deja que te ayude con la cremallera. Dime qué te pasa. Sé que tienes miedo, y necesito saber por qué. No creo que sea por esa reunión.

Al escuchar su voz, el cuerpo de Melanie solo quería estar desnudo junto al suyo todo el día, sobre todo cuando el cálido aliento de Adam le acariciaba la oreja. Pero su cerebro estaba a la defensiva.

–Yo… –Melanie aspiró con fuerza el aire.

–¿Tú qué? ¿Estás preocupada? ¿Crees que lo que hicimos anoche no está bien?

Ella exhaló.

–Sí –no había nada más que decir.

Adam la giró y la estrechó entre sus brazos.

–Lo entiendo –murmuró acariciándole la espalda en gesto tranquilizador–. Escucha, los dos sabemos que esta no es la situación ideal, pero no tenemos nada de qué avergonzarnos. Yo te deseo, tú me deseas. Es así de simple.

–Pero tu padre… El contrato…

Adam la estrechó todavía con más fuerza entre sus brazos.

–No te preocupes por mi padre. No se va a enterar –la besó en la frente–. Y ahora déjame que te acompañe abajo a tomar un taxi para que no llegues tarde a tu reunión.

Melanie negó con la cabeza.

–¿Y si hay alguien en la puerta del edificio? ¿Fotógrafos?

–Llamaré al portal para asegurarme de que no hay moros en la costa. Los porteros son muy profesionales.

–Tú llama, pero bajaré yo sola. Es más seguro así –el estómago le dio un vuelco. No le gustaba la idea de tener que andar escabulléndose.

–¿Qué clase de caballero sería yo si no te acompaño abajo? Te diré lo que haremos. Te acompañaré hasta el vestíbulo. Y no acepto un no por respuesta.

Melanie recogió sus cosas mientras Adam hacía la llamada. Luego él se puso una sudadera y unas zapatillas de deporte sin atarse los cordones. Se metieron en el ascensor sin hablar, pero Adam le tomó la mano y se la acarició suavemente con el pulgar.

A Melanie le daba vueltas la cabeza. ¿Qué estaban haciendo? ¿Esto era cosa de una noche? Eran preguntas que necesitaban respuestas, pero no había tiempo, al menos aquella mañana. Y en cualquier caso, Adam tenía que continuar la farsa con Julia al menos hasta la gala.

No había nada en aquella situación que presagiara una relación auténtica y duradera. Ya veía a sus hijos preguntándoles cómo se habían conocido: «Bueno, papá tenía una novia falsa porque mamá le dijo que eso le serviría para obtener buena publicidad, y tu abuelo no quería ni que nos acercáramos, así que papá y mamá cayeron en la tentación, tuvieron una aventura secreta y tórrida y mintieron a todo el mundo».

El móvil de Adam emitió un sonido y se lo sacó del bolsillo de la sudadera. Sonrió mirando la pantalla.

—Es mi padre, me felicita por Midnight Hour.

Las puertas del ascensor se abrieron.

—Estuviste increíble —dijo saliendo al vestíbulo mientras Adam sostenía las puertas—. Estoy segura de que hoy vas a recibir muchas felicitaciones.

El teléfono de Adam volvió a emitir un sonido. Esta vez no sonrió al leer el mensaje. Se quedó pálido.

—Eh, Carl —le gritó al portero con tono de pánico—. Consíguele un taxi a la señorita Costello ahora mismo.

—¿Qué ocurre? —preguntó Melanie angustiada.

—Tienes que irte —le espetó Adam pulsando el botón del ascensor—. Mi padre viene de camino.

Las puertas se cerraron.

«Oh, Dios mío, no». El portero sacó rápidamente a Melanie fuera, pero fue demasiado tarde. Estuvo a punto de tropezarse con Roger Langford.

—Hola, señorita Costello —dijo Roger mirando a través de la puerta de cristal hacia el vestíbulo del edificio de Adam—. ¿Estaba usted reunida con Adam?

—Eh… sí. Sí, señor —se sintió fatal—. Ha habido una gran respuesta a la entrevista de anoche. Solo quería asegurarme de sacarle el mayor partido. Asegurarme de que todos los medios hablen de ello. Adam y yo estábamos repasando algunas cosas.

«Deja de hablar. Estás cavando tu propia tumba».

–Eso es lo que me gusta de usted, señorita Costello. Siempre pensando, siempre trabajando duro sin dejar pasar ninguna oportunidad.

Ahora Melanie se sintió mil veces peor.

–Gracias, señor.

El portero consiguió por fin parar un taxi y le hizo una señal a Melanie.

Ella estaba desesperada por escapar de allí.

–Tengo que irme, señor. Me espera una reunión en la oficina.

–Claro, claro –asintió Roger–. Que tenga un buen día.

Adam recorrió arriba y abajo la cocina. ¿Habría conseguido llegar Melanie al taxi antes de que entrara su padre? Tuvo la respuesta en cuanto Roger entró en el apartamento.

–Me he encontrado con la señorita Costello abajo –le dijo quitándose lentamente el abrigo.

–Ah, sí –contestó Adam sin querer ofrecer ningún detalle de la historia por si no coincidía con la de Melanie–. Papá, siéntate, por favor –en aquel instante recibió un mensaje de texto. Miró el móvil para leer el mensaje de Melanie. «No podemos hacer esto. No está bien».

Adam contestó: «No te pongas nerviosa».

–La señorita Costello es muy trabajadora –su padre tomó asiento en un taburete–. Solo estaré un momento, Adam. He venido porque quería decirte en persona lo contento que estoy con tu aparición de anoche. He recibido varias llamadas favorables de los miembros de junta. Están muy impresionados. Yo también. Estuviste perfecto.

Cada palabra de halago de su padre hacía sentir a Adam más turbado. Ahora entendía de primera mano por qué Melanie se encontraba tan incómoda. ¿Y si le contaba de pronto a su padre que Melanie y él tenían una relación? ¿Cómo se lo tomaría? ¿Se sentiría decepcionado? ¿Le acusaría de volver otra vez a las andadas?

La respuesta no importaba. Melanie se pondría furiosa. Si quería tener alguna posibilidad de seguir con ella, no podía poner en peligro todo el trabajo que había hecho.

Si se tratara del prestigio profesional de Adam, podría verse tentado a arrojarlo todo por la borda con tal de poder estar cada noche con Melanie.

Cuando su padre se fue y pudo responder mejor al mensaje que ella le había mandado, se preguntó si habría conseguido calmarla con su último mensaje: «Todo está bien. Voy a tu oficina».

La respuesta de Melanie fue demasiado rápida: «No, por favor. Eso solo empeoraría las cosas».

Adam le envió un mensaje a su asistente para que retrasara sus reuniones matinales. Luego dejó el móvil bocabajo en la encimera de la cocina. No iba a entablar una conversación con Melanie por mensaje como si fueran unos adolescentes. Tenía que verla. Cuando la tuviera entre sus brazos, todo estaría bien.

Se duchó rápidamente y una vez abajo le pidió a su chófer que le llevara a la oficina de Melanie lo más rápidamente posible. Cada semáforo en rojo con el que se topaban suponía una tortura. El teléfono de Adam no paraba de sonar, pero no podía concentrarse en el trabajo y finalmente tuvo que silenciarlo. Los negocios tendrían que esperar. Nada era más importante que ver a Melanie.

Prácticamente saltó del coche cuando llegaron al edificio de su oficina. El ascensor estaba fuera de servicio y subió las escaleras de dos en dos hasta llegar al octavo piso. Abrió la puerta de Relaciones Públicas Costello, la oficina estaba aterradoramente silenciosa.

—¿Mel? ¿Estás aquí? —Adam se atusó la corbata y la chaqueta del traje, cruzó la zona de recepción y se dirigió a su despacho. Asomó la cabeza al doblar la esquina. La puerta estaba abierta. Escuchó unos sollozos.

Oh, no. Estaba llorando. Se aclaró la garganta sonoramente para no asustarla.

—¿Mel?

Ella se asomó a la puerta del despacho. Tenía las mejillas rojas y manchadas de lágrimas, pero estaba tan bella como siempre.

—Adam, te dije que no vinieras. No quiero hablar de ello. Vete, por favor. No podemos hacer esto. Yo no quiero hacerlo. No está bien.

—Mi padre no sabe nada ni lo sospecha, Mel. Todo está bien.

Ella se pasó los delicados dedos por la rubia melena y apoyó el hombro contra la pared, como si le costara trabajo mantenerse de pie.

—Para ti es muy fácil decirlo. Tú no tienes tanto que perder como yo. No se trata solo de mi negocio o de mi profesión. Se trata de mi vida entera. Mi identidad está ligada a esta estúpida oficina que no puedo permitirme. Toda mi vida gira en torno a mantener las luces encendidas y seguir adelante. No tengo nada más. No puedo permitirme cometer un error.

Adam sintió una punzada en el pecho. Odiaba la palabra «error».

—¿Crees que lo de anoche fue un error?

—Si me despiden del trabajo más importante de toda mi carrera, entonces sí.

La cabeza a Adam le daba vueltas, le costaba trabajo creer que Melanie fuera a estar tan mal si la despedían. Tenía que haber otra manera.

—¿Y si te pago yo los honorarios que mi padre te prometió? O déjame comprarte la oficina —se acercó un poco más a ella. Quería tocarla, pero notaba la impenetrable fortaleza que había construido a su alrededor.

—¿Crees que quiero tu dinero? ¿Que quiero que me rescates? Tengo que hacer esto por mí misma. He estado sola desde los dieciocho años. No sé hacerlo de otro modo. Y no olvides que todo el mundo sabe que he estado trabajando en este proyecto. Mis futuros clientes me preguntarán al respecto, y querrán saber qué tiene que decir Roger Langford sobre el trabajo que hice. Si les cuenta que tuvo que despedirme porque me acosté con su hijo, estoy acabada. No habrá vuelta atrás para mí.

—Si yo superé mi escándalo, tú podrás salir de esto.

—Nuestras situaciones no son iguales. Tú eres Adam Langford. Tu familia representa el sueño americano, eres un hombre inteligente, guapo y hecho a sí mismo. La gente te adora. Yo solo tuve que mostrarles lo bueno que hay en ti. Yo no soy nadie, Adam. Si esto sale a la luz me convertiré en una nota a pie de página, y no puedo permitírmelo. No puedo volver a Virginia con la cabeza baja por la vergüenza y decirle a mi padre que él tenía razón, que fue un error venir a Nueva York y pensar que podía dirigir mi propia firma de relaciones públicas. Creo que no entiendes las repercusiones.

Adam entendía de dónde procedía, pero eso no cambiaba el hecho de que él quisiera tenerla en su vida.

—Escucho todo lo que dices, pero darle una oportunidad a lo que tenemos es más importante que todo eso. Creo que esto va más allá de tu trabajo o de mi familia.

Melanie adquirió una expresión de total confusión.

—No sé de qué estás hablando. No hay nada más.

Adam se atrevió a acercarse un poco más y le agarró el codo. En cuanto la tocó, sintió cuánto se había cerrado a él.

—Piensa en por qué estás en esta situación. Tu ex. Él es la razón por la que te ves así con tus finanzas, pero también creo que es la razón por la que te da tanto miedo dejar que alguien entre en tu vida.

Melanie le deslizó la mirada por el rostro.

—No. Te equivocas. De eso hace más de un año, y he conseguido salir adelante sin él.

Adam asintió y se dio cuenta de que aquella revelación en particular le resultaba conflictiva a Melanie. Él sabía cómo se sentía.

—Me importas, Mel. Mucho. Sé lo que es que te hagan daño. A todos nos han hecho daño. Tal vez no haya pasado exactamente por lo mismo que tú, pero te entiendo. Y sé que entre nosotros podría haber algo de verdad si me dejaras pasar —la miró a los ojos. Melanie necesitaba tiempo. Podía verlo. Y por mucho que le costara dárselo, tenía que hacerlo.

—Quiero que pienses en ello. Quiero que pienses en lo que significa de verdad.

Melanie aspiró con fuerza el aire.

—No se trata de lo que tú quieres, Adam. Se trata también de lo que yo quiero.

—Entonces dime qué quieres.

—¿Ahora mismo? Quiero que te vayas, que sigas con tu vida y me prometas que no volverás a pensar en mí cuando la gala haya terminado.

Adam sintió como si le hubieran dado un mazazo en el corazón. Aquellas no eran las palabras de una mujer que estaba dispuesta a pensar en todo lo que él le acababa de decir.

—Puedo prometer muchas cosas, pero eso no. No después de anoche.

—Bueno, pues tendrás que intentarlo, porque yo tengo un trabajo que hacer.

Capítulo Diez

El viernes se cumplieron cinco días sin saber nada de Adam. Al menos no directamente.

La mayoría de las entrevistas ya habían terminado, pero faltaba ultimar algunos detalles, y lo más importante, necesitaban pulir el discurso que iba a pronunciar en la gala. Habían hablado sobre sus comentarios del sábado por la noche, pero todo a través de su asistente. Por mucho que le doliera, Melanie no podía culpar a Adam de su distanciamiento. Después de todo, ella le había pedido directamente que la olvidara.

De quien Adam no se había distanciado al parecer era de Julia. Volvieron a salir enseguida en la prensa, tomados de la mano mientras iban de compras por el Soho solo dos días después de que Melanie y Adam hubieran hecho el amor. Odiaba que todavía le importara, pero así era. Le importaba tanto que sentía como si todo su interior se muriera.

Las cosas que le había dicho Adam aquella mañana en su oficina seguían dándole vueltas por la cabeza. «Podría haber algo de verdad entre nosotros si me dejaras pasar». No estaba convencida de que fuera tan sencillo. En cualquier caso sería algo imposible disfrazado de sencillo. ¿Tenía razón Adam? ¿Le habría hecho Adam tanto daño como para no ser capaz de volver a confiar en nadie? ¿Tendría el corazón tan cerrado?

Melanie aspiró con fuerza el aire para armarse de valor y entró en el ascensor que llevaba al apartamento de Adam. Aquel era el día escogido para repasar su discurso y ver qué se iba a poner para la gala del día siguiente. No tenía ningún plan para tratar con Adam más allá de lo profesional. Con suerte, él estaría igual. Repasarían el discurso y le mostraría a Melanie lo que se iba a poner para la gala. Ella le daría el visto bueno y desaparecería. Entonces el único obstáculo que quedaría sería la gala, y eso implicaba barra libre bien provista de champán. Bendito champán.

Cuando se abrieron las puertas del ascensor, Adam se estaba bajando de uno de los taburetes de su enorme isla de cocina.

—Llegas tarde —afirmó con tono gélido.

Ella consultó su reloj.

—Son las cinco y tres minutos. Y tú siempre llegas tarde.

—No estamos hablando de mí, ¿verdad? Tengo cosas que hacer esta noche.

Melanie suspiró. Así que aquel era el camino que había escogido Adam. Ella no quería morder el anzuelo, pero el modo en que había regresado corriendo a brazos de Julia la reconcomía.

—¿Tienes una cita amorosa con la novia de América?

—¿Eso te haría sentir mejor? ¿Que tus sospechas fueran ciertas?

Las palabras de Adam le dolían, aunque no podía culparle por estar enfadado. La última vez que le vio se portó fatal con él.

—Hablemos del vestuario y de tu discurso, por favor.

Melanie siguió a Adam hasta su dormitorio. En cuanto cruzó la puerta sintió como si le clavaran un puñal en el pecho, justo en el corazón. Miró la cama, cubierta con una inmaculada colcha de seda. No le costó ningún esfuerzo recordar qué se sentía al estar envuelta en aquellas sábanas completamente sincronizada con Adam. No tenían problemas en la cama. Lo complicado estaba fuera del dormitorio.

–He escogido tres trajes, por si quieres echarles un vistazo –dijo Adam, a quien parecía no afectarle nada la visión de la cama–. La elección de la corbata te la dejo a ti –entró en el vestidor y señaló las perchas en las que esperaban los trajes colgados, al igual que una extensa colección de corbatas de seda.

Melanie ya sabía que quería que llevara el traje gris oscuro. Lo tenía puesto la noche que lo conoció y le quedaba de maravilla. La chaqueta hecha a medida le acentuaba los esculpidos hombros y la estrecha cintura. Así que tendría que apartar la mirada y morderse los nudillos cada vez que le viera al día siguiente por la noche. No pasaba nada. Había vivido cosas peores.

Melanie se acercó a las corbatas y seleccionó unas cuantas: una azul acero, otra negra con rayas verde oscuro diagonales y una color lavanda.

–Ni hablar –Adam agarró esta última y la volvió a colgar–. Tú y tu lavanda. Es demasiado femenino.

Melanie observó las otras dos corbatas antes de ponerle una a Adam en la mano.

–Muy bien. Probaremos con la azul. Te resaltará los ojos.

–¿De verdad te importa cómo se me vean los ojos?

–Sí. Es uno de tus mejores rasgos.

—Si no supiera que no es así, diría que estás coqueteando conmigo —Adam apretó los labios—. Pero tengo claro que no es así.

—Ponte el traje para ensayar el discurso y así podremos despedirnos por esta noche. Te espero fuera.

Melanie salió del vestidor y se acercó al ventanal que daba a la ciudad. Los días se iban haciendo más largos, solo faltaban unos meses para el verano. ¿Dónde estaría ella para entonces? ¿Tendría más clientes? ¿Entraría más dinero? La lógica indicaba que llevaba una trayectoria ascendente gracias al éxito de la campaña de Adam. Entonces, ¿por qué no estaba contenta? Había tomado la decisión de centrarse en su carrera y lo iba a amortizar, pero se sentía vacía. No tenía a nadie con quien compartir aquellos logros, y como Adam había sugerido, se lo había buscado.

Adam entró en la estancia y se detuvo frente al espejo de cuerpo entero de la pared.

—¿Y bien?

Melanie se preparó y se apoyó en la ventana. Estaba tan guapo que hacía daño mirarle, y le produjo una punzada en el pecho.

—Este funcionará —comentó tratando de aparentar trivialidad. No poder besarle con aquel traje era una tortura. Y todavía era peor saber que no podría ver cómo se lo quitaba.

—¿Tú que te vas a poner para la fiesta? —le preguntó Adam.

—Un vestido.

—Eso ya me lo imaginaba. ¿Te importaría dar más detalles?

—No lo sé —no había pensado en ello y no tenía presupuesto para comprar nada nuevo. Seguramente se pondría alguno de los prácticos vestiditos negros que siempre llevaba a ese tipo de eventos–. ¿Qué más da?

–Tengo curiosidad –Adam se ajustó los puños de la camisa–. ¿Vas a ir con pareja? –no apartó la mirada de su reflejo en el espejo.

Melanie cerró los ojos un instante. Se suponía que aquella iba a ser su oportunidad para tomarse la revancha, pero ahora estaba mucho menos entusiasmada por la idea.

–Voy a ir con mi vecino, Owen. Es médico –tenía cero interés sentimental en él, y le había dejado claro que solo eran amigos, pero no hacía falta que Adam lo supiera. Se negaba a asistir a la fiesta sin pareja sabiendo que tendría que sonreír y fingir que era feliz mientras Adam se paseaba con Julia del brazo.

–Este es tu evento. Supongo que le habrás pedido tú que te acompañe, ¿no?

¿Qué estaba insinuando? ¿Que no era capaz de tener una cita?

–Le he invitado yo, pero Owen me ha pedido salir muchas veces.

–¿Y has salido con él?

–Hemos ido al cine y a cenar –se abstuvo de aclarar que no eran citas románticas, solo planes de amigos.

–Entiendo. Bueno, estoy deseando conocer a tu vecino el médico.

Melanie se sentía confusa. ¿Estaba celoso? No podía imaginar a Adam envidiando a otro hombre. Pero, ¿qué pasaba con su tono posesivo y con su mirada? ¿Estaba diciendo que no se había rendido? ¿Y qué debía hacer ella en ese caso?

–Deberías ensayar el discurso para que pueda oírlo –dijo entonces rompiendo en hechizo del silencio.

–¿Aquí?

Melanie se encogió de hombros.

–Sí –cruzó el salón para sentarse, aunque estaba solo a unos centímetros de la cama.

–Ojalá tuviera un pódium. Me siento raro soltando un discurso aquí de pie –Adam se estiró la chaqueta.

Parecía seguro de sí mismo y a la vez vulnerable allí delante de ella. Melanie contuvo un suspiro. Aquel era el Adam que adoraba, el Adam que nunca sería suyo.

Adam comenzó el discurso, pero Melanie se dio cuenta al instante de que algo no iba bien. Todo lo que salía de su boca era optimista y confiado, pero tenía los hombros tensos, la voz un tanto agitada. Parecía como si estuviera diciendo las palabras de otra persona a pesar de que él había escrito la mayor parte del discurso. Ella solo había hecho algunas sugerencias y pequeños cambios.

Como él mismo había dicho muchas veces, no se le daba bien fingir.

Adam se apretó el puente de la nariz cuando terminó el discurso. Ni siquiera quiso escuchar la opinión de Melanie. Había visto su expresión de asombro mientras hablaba.

–¿Va todo bien? –preguntó ella.

–Eh… sí, claro. ¿Por qué?

–Es que no parecías tú. En absoluto.

–Estoy bien –pero no era cierto. Nada estaba bien. Y no solo por lo de LangTel. Ni tampoco por su padre. Era por ella. Los dos solos en su apartamento, comportándose de un modo civilizado y teniendo mucho cuidado de no rozarse, de ni siquiera mirarse. Aquello no estaba bien.

Pero las cosas habían cambiado. En las otras ocasiones en las que Melanie le había dicho que no se debía a que estaban trabajando juntos. No porque hubiera otro hombre en la foto. La parte más egoísta de sí mismo había pensado que no había ningún otro interés amoroso porque quería estar con él. Al parecer se había equivocado.

Ahora tenía una cita con un hombre que ella había elegido, nada menos que un médico. Adam nunca se había comparado con otros hombres, pero Melanie le había rechazado tres veces y había escogido a Owen. Tal vez no estuviera tan cerrada a la idea del amor. Tal vez solo estuviera cerrada a él.

—¿Estás seguro? —preguntó Melanie—. Parece que hay algo que te perturba. Dime qué pasa.

Allí estaba ella, delante de él, la mujer que no podía quitarse de la cabeza aunque quisiera. Melanie quería escuchar. Quería hablar. Aquella podía ser la última oportunidad de estar juntos así, solo hablando. Después de la gala irían cada uno por su lado.

Adam aspiró con fuerza el aire y luego lo dejó escapar lentamente.

—No quiero dirigir LangTel —quitarse aquello del pecho fue un alivio de proporciones épicas.

Melanie se quedó boquiabierta.

—¿Qué? Pero tu padre… El plan de sucesión… —miró a su alrededor parpadeando, como si no entendiera lo que había dicho. Y eso era parte del problema. Solo tenía sentido para Adam y Anna. Nadie más parecía entenderlo–. A ti te encantan los retos, y esto es una gran empresa que lleva el apellido de tu familia. ¿Por qué no quieres disfrutar de esta oportunidad?

Adam sacudió la cabeza y se dejó caer en el banco que había a los pies de la cama.

–Sé que suena a locura, pero todos los Langford se han hecho a sí mismos. Mi padre. Mi abuelo. Mi bisabuelo. No puedo soportar la idea de no hacer lo mismo, de marcar mi propio camino. Quiero algo construido por mí desde la nada. ¿Tan mal está eso?

Melanie torció el gesto.

–Tú mismo lo has dicho, Adam. Conseguiste tu primer millón en la universidad. Ya eres un hombre hecho a sí mismo. Tacha eso de tu lista y pasa al siguiente reto. No me cabe duda de que serás un gran director de LangTel. Con tu mente para la tecnología podrías hacer grandes innovaciones.

–Eres un encanto, pero no es tan sencillo. Al menos para mí. No puedo decirle que no a mi padre, y menos ahora que se está muriendo. Tendría que haberle dicho algo al respecto años atrás. Pero no pensé que tendría que enfrentarme a esto hasta que él estuviera preparado para jubilarse, y siempre pensé que cabía la posibilidad de que yo cambiara de opinión para entonces.

Melanie abrió los ojos de par en par y se inclinó un poco hacia delante.

–Pero Anna sí quiere hacerlo. Me lo dijo cuando estábamos planeando la gala. Adam, eso es… es perfecto.

Adam sonrió. Melanie era adorable al querer ayudarle a arreglar las cosas.

–Nuestro padre se niega a hablar del tema. Está tan chapado a la antigua que resulta ridículo.

Melanie parecía alicaída.

–Vaya, creí que se trataba de una rivalidad entre hermanos –suspiró y le miró a los ojos–. Oh, Dios mío, Adam. El escándalo. Aquella era tu salida –se rascó las sienes con gesto preocupado–. Podrías haber dicho que no a la campaña de relaciones públicas y dejar que la junta directiva te rechazara. Eso lo habría solucionado todo.

Adam tuvo ganas de echarse a reír. Había pensado en ello, pero entonces su padre contrató a una relaciones públicas llamada Melanie Costello. En cuanto vio su foto en la web de la empresa se le subió el corazón a la boca. Finalmente conocía la identidad de su Cenicienta. Así que accedió a la campaña aunque era muy probable que eso sellara su destino. Tenía que volver a ver a aquella misteriosa mujer, comprobar si las chispas eran reales. Y lo eran. Solo que no duraron demasiado.

No podía contárselo a ella ahora. Melanie había seguido adelante, y Adam no tenía más remedio que aceptarlo.

–Pensé en ello, pero habría supuesto una mancha para el apellido familiar y habría destrozado mi relación con mi padre –por suerte, Melanie le había salvado de tomar aquella decisión.

–¿Sabes qué? El día que conocí a Anna me sentí un poco celosa de tu familia –reconoció ella.

–No todo es un camino de rosas, créeme.

–Ya lo sé, pero seguís unidos y os preocupáis los unos por los otros. Yo no tengo eso. Mis hermanas piensan que soy un bicho raro, mi padre es un hombre imposible y a mi madre casi ni la recuerdo –Melanie sacudió la cabeza–. Sé que tu relación con tu padre es tumultuosa, pero al menos lo tienes contigo. Sigue aquí. Todavía puedes hablar con él. Solo tienes que encontrar la manera de hacerle comprender. Si fallece y no lo has intentado una vez más no te sentirás bien.

–La idea de decepcionarle me sigue resultando insoportable.

Jack entró en el salón y se detuvo en la rodilla de Adam antes de acercarse a Melanie. Ella le acarició la cabeza y le sonrió.

–No soy una experta, pero es mejor decir las cosas y aceptar las consecuencias. Yo lo hice con mi padre. No salió muy bien, pero al menos dije lo que pensaba.

Era muy inteligente, muy intuitiva, aunque parecía más interesada en ayudar a los demás que en centrarse en sus propios problemas.

–Me gusta que me hables de tu familia.

«Hace que me sienta más cerca de ti». Quería decirle, pero parecería que se había enamorado desesperadamente de una mujer que no podía tener. Y así era. Amaba a Melanie con cada fibra de su ser.

–Debería irme –ella se puso de pie, se atusó el vestido y agarró el bolso–. Y tú deberías quitarte ese traje si no quieres llevarlo mañana arrugado.

Adam se levantó para despedirse. Tenía a Melanie a escasos metros de él. Quería abrazarla y no dejarla ir nunca, besarla durante días, escapar del mundo con ella. Quería mimarla y adorarla como se merecía. Le había mostrado una oportunidad para el día siguiente, el día que tanto temía Adam, recordándole que él decidía su propio destino. Por supuesto, aquello concernía a los negocios. El amor no se podía controlar, y menos ahora que había otro hombre en la escena.

Capítulo Once

Melanie decidió que no tendría ninguna cita cuando salió de casa de Adam. Por muy difícil que fuera a ser verle con Julia en la gala, llevar a Owen como chaleco salvavidas no le parecía bien. Así que se pasó por su apartamento, se disculpó profusamente y lo reconoció todo.

Dormía mal por las noches, la perseguían imágenes de Adam del modo en que la había mirado cuando se probó el traje, el tono algo posesivo que había utilizado, como si estuviera celoso. Otros recuerdos entraban y salían de su mente: la casa de la montaña, el baile en Flaherty's, la noche en la que por fin se había permitido el placer de disfrutar del hombre más sexy que había conocido en su vida.

Todavía podía sentir sus dulces labios en los suyos, recordar su cálido aroma, conjurar la sensación de seguridad que experimentaba cuando la rodeaba con sus brazos. Saber que había dejado a Adam atrás le provocaba un gran vacío, un vacío ante el que la marcha de Josh parecía solo un rasguño.

Por la mañana, con falta de sueño y sintiéndose fatal, sabía que tenía que mantenerse ocupada en el día de la gala para no seguir dándole vueltas a lo que ya tenía claro: iba a echar muchísimo de menos a Adam. Se probó veinte vestidos distintos, se puso una mascarilla, se dio un baño, se pintó las uñas de rojo rubí y pasó largo rato ocupándose del pelo y el maquillaje. Al menos tendría buen aspecto cuando dijera adiós.

Cuando había reducido la elección a dos vestidos, le entró un mensaje en el móvil. Lo agarró y lo miró. Gran error. Sentía como si le faltara el aliento al mirar la foto del periódico en la que se veía a Julia saliendo del apartamento de Adam a primera hora de la mañana. Así que eso era lo que tenía que hacer Adam la noche anterior. Julia iba de camino a su casa.

Melanie se dejó caer en la cama, todavía en albornoz. Se quedó mirando la foto y trató de entender el sentimiento que se estaba formando en su interior. La lógica le decía que debería estar triste, que aquello era otra señal del universo que indicaba que Adam y ella no estaban hechos el uno para el otro. Pero no había melancolía. Ni siquiera estaba resentida. Estaba enfadada, pero no con Adam, sino consigo misma. El hombre más increíble que había conocido, el único hombre con el que quería estar, estaba a punto de marcharse y ella se lo iba a permitir.

Adam no quería estar con Julia y ella lo sabía. Aunque no se lo hubiera dicho, su corazón lo sabía.

En los momentos en que Melanie había conseguido superar los obstáculos entre Adam y ella, la química era más real de lo que nunca creyó posible. El resto del tiempo no había podido negar la atracción que sentía hacia él. Solo fingía que no estaba allí.

No podía seguir fingiendo. No podía dejarle ir. Eso implicaría rendirse a las circunstancias, y ella no era así. Era una luchadora. Sobrevivió a la marcha de Josh, aunque nunca luchó por él. No se lo merecía. Pero

Adam no era Josh. Adam era cariñoso y detallista. Valoraba la fuerza de voluntad de Melanie, quería verla triunfar. Y más que eso, podía prenderle fuego con una sola mirada, ningún otro hombre tenía aquel efecto en ella.

Valía la pena luchar por Adam. Lucharía por el hombre al que no podía dejar ir. Había llegado el momento de volver a escuchar a su corazón.

Le escribió un mensaje a Adam: «¿Podemos hablar antes de la fiesta? En persona. A solas».

El pulso le latía con fuerza. Todo lo que quería decir estaba en su interior. Solo tenía que dejarlo salir. Pero, ¿sería demasiado tarde?

En cuanto mandó el mensaje le sonó el teléfono. Era Adam.

–Vaya, qué rapidez –murmuró para sus adentros–. Hola, acabo de mandarte un mensaje.

–Acabo de verlo –contestó él–. Tiene gracia.

A ella le latió con fuerza el corazón.

–¿Gracia?

–El momento. Estoy en la puerta de tu edificio. ¿Puedes abrirme? El telefonillo no funciona.

¿En la puerta de su edificio? ¿Por qué? Melanie sintió una oleada de pánico. Tenía el apartamento hecho un desastre y parecía que hubiera pasado un tornado por su habitación. Había vestidos y zapatos por todas partes.

–Ni siquiera me he vestido.

–No importa. Necesito hablar contigo.

Sin tiempo para arreglarse o vestirse, y mucho menos para pensar, Melanie salió del dormitorio, pulsó el telefonillo, quitó la cadena y abrió la puerta.

Salió al pasillo y vio cómo Adam subía por las escaleras. La dejó sin aliento. Era la tentación andante, con un traje impecable y la barba incipiente.

—¿Ocurre algo?

—Se puede decir que sí. Siento no haber llamado antes, pero me preocupaba que no me dejaras venir —Adam estaba unos cuantos centímetros alejado—. Me encanta el vestido. No es lo que me imaginaba, pero se agradece el escote.

Melanie se miró. Tenía el albornoz abierto un poco por delante. Se le subió la sangre a la cara y le invitó a entrar.

—¿Qué pasa? ¿Hay algún problema con lo de esta noche?

—Yo podría preguntarte lo mismo. ¿Por qué querías hablar conmigo antes de la fiesta?

Ahora que estaba frente a él y su magnetismo le resultaba difícil empezar. Pero sabía que tenía que hacerlo.

—Vi la foto en el periódico. No me importa que Julia pasara la noche en tu apartamento. No creo que quieras estar con ella.

Adam asintió lentamente. La estaba matando con su silencio.

—Me alegro de que por fin me creas —dijo finalmente—. He venido a decirte que Julia no vendrá a la gala de esta noche.

Un momento. ¿Estaban hablando de trabajo?

—¿Qué?

—No te asustes. Sé que has trabajado muy duro para esta fiesta, pero no puedo seguir fingiendo. Esa es la razón de las fotos en las que sale fuera de mi apartamento. Su agente de prensa está orquestando la ruptura a petición mía. Tengo que poner fin a esto ahora. No solo por mi bien, sino por el tuyo también.

¿Le estaba diciendo simplemente que estaba harto de aquella farsa? ¿O había algo más?

—Yo he cancelado la cita con el médico. No me parecía bien llevarlo a la gala.

—¿Y eso por qué?

Melanie contuvo el aliento. Adam merecía saber cómo se sentía, la kilométrica lista de razones por las que le necesitaba.

—Porque estoy enamorada de ti. Y no quiero estar con ningún otro hombre ni aunque sea por un minuto. No quiero verte marchar esta noche.

Melanie salvó la distancia física que los separaba con unos cuantos pasos. Sentir el ritmo de su respiración la calmaba, aunque no estaba segura de qué pensaba Adam de lo que estaba diciendo. Tenía una expresión asombrada.

—Tú eres mi único pensamiento antes de acostarme. Eres en lo primero en lo que pienso cuando me despierto. Cuando me pasa algo durante el día, siento la necesidad de llamarte para contártelo. La única razón por la que no lo hago es por mi trabajo. Pero necesito algo más que mi carrera. Te necesito a ti.

Melanie vio la primera señal de que tal vez estuviera en su mismo barco. Adam sonrió.

—¿De verdad?

—Sí. Y tú tenías razón. Dejé que lo que me ocurrió con mi ex me convirtiera en alguien que no se permite sentir. Ya no quiero ser esa persona. Me hace sentir desgraciada.

—Odio la idea de que no seas feliz —Adam le tomó la mano y se la acarició con el pulgar—. Tenía que hablar contigo antes de la fiesta porque no quería que desaparecieras esta noche como Cenicienta. Tenía que ver tu cara cuando por fin te dijera que te amo. Pero te me has adelantado.

A Melanie le dio un vuelco al corazón y se le aceleró el pulso.

—Lo siento. Es que te he hecho daño tantas veces que pensé que merecías la verdad.

Adam le tomó la otra mano.

—Te amo y quiero estar contigo, pero necesito saber que estás aquí a largo plazo. No podría soportar que te entrara miedo y volvieras a salir corriendo.

Una lágrima le cayó por la mejilla a Melanie. El hombre que siempre había tenido un enjambre de mujeres alrededor quería saber si ella era capaz de comprometerse.

—Solo salí huyendo porque me daba miedo lo mucho que iba a sufrir si no salía bien. Pero ya no tengo miedo.

—Hablo en serio, Melanie. A largo plazo —Adam metió la mano en el bolsillo y sacó una cajita azul oscuro—. Quiero que seas mi esposa. Quiero pasar mi vida contigo.

Melanie se llevó la mano a la boca. Cuando abrió la cajita contuvo el aliento al ver un impresionante anillo de compromiso de platino de esmeralda y diamante. Casi le daba miedo tocarlo, temía que desapareciera. Solo se había atrevido a fantasear con vivir un momento así con Adam. Nunca soñó con que pudiera llegar a hacerse realidad.

—Es precioso.

—¿Quieres probártelo?

Ella asintió vigorosamente.

Sacó el anillo de la cajita y se lo puso en el dedo. El diamante brilló como una constelación entera.

—Oh, Dios mío, Adam. Me encanta.

—Pero no has contestado a mi pregunta. ¿Quieres casarte conmigo?

¿De verdad estaba ocurriendo todo aquello? Su futuro había dado un giro radical en cuestión de minutos.

—No quiero dejarte ir nunca. Nada deseo más que convertirme en tu esposa.

Adam la atrajo hacia sí con gesto posesivo. Le tomó la cara entre las manos y le acarició la mandíbula con el pulgar, provocándole escalofríos por todo el cuerpo. Entonces la besó dulcemente. Melanie le pasó las manos por el interior de la chaqueta, anhelando su calor y su contacto. Cada segundo que pasaba entre sus brazos iba dejando atrás la tristeza del año anterior. Adam era suyo.

Ahora que Melanie era suya, que podía besarla y tenerla entre sus brazos, resultaba mucho más satisfactorio de lo que Adam pudo haber imaginado. La tenía apretada contra su cuerpo y sentía el calor de su temperatura. El traje no ayudaba. Tenía la boca muy dulce, y deslizaba la lengua de un modo deliciosamente delicado. Adam se iba volviendo más loco a cada segundo que pasaba. Melanie estaba al menos parcialmente desnuda bajo el albornoz, había visto el glorioso montículo de sus senos cuando apareció por la puerta.

Le tiró del cinturón y dejó al descubierto el regalo más maravilloso que había tenido jamás. Le bajó la prenda por los hombros hasta que cayó al suelo. No llevaba braguitas. Perfecto.

Melanie se rio, sus labios vibraron contra los suyos. Era increíblemente sexy.

—Adam, cariño, no hay tiempo. Se supone que tenemos que estar en la fiesta a las seis y media.

Los brazos de Melanie no estaban solo metidos dentro de su chaqueta, había deslizado una mano por la cinturilla de sus calzoncillos. Aquello le hizo estar más decidido a poseerla en cuerpo y alma.

—Es imposible que me digas que te casarás conmigo y que yo no te haga perder el sentido del tiempo y el espacio —le besó el cuello y aspiró su embriagadora fragancia.

—El pelo. El maquillaje.

—He visto el cabecero de tu cama. Es perfecto.

Ella se rio, pero la expresión de su rostro y el sonrojo de sus mejillas decían que le deseaba tanto como él a ella.

—Todavía debo pensar qué me voy a poner. Y tenemos veinte minutos. Como máximo.

—Funciono mejor bajo presión.

Melanie bajó la mano y le tocó la parte delantera de los pantalones. Se mordió el labio.

—Ya lo veo.

Adam le gimió al oído y le mordisqueó el lóbulo.

—O lo hacemos en el pasillo o me llevas al dormitorio.

Ella le tomó la mano y le guio por el pasillo. Le encantaba verla así, con sus femeninas curvas en movimiento apresurado. Y mejor todavía, mirar su hermoso trasero mientras retiraba la colcha. Melanie se dio la vuelta. Sus senos desnudos le rozaron el pecho.

–Los pantalones. Todavía llevas puestos los pantalones –Melanie le desabrochó el cinturón y los pantalones–. Ten cuidado. No hay tiempo para planchar.

Adam sacó el preservativo que llevaba en el bolsillo, se lo dio a ella y se quitó los calzoncillos.

–¿Siempre llevas un preservativo en el bolsillo?

–He traído un anillo también, Suero de Leche.

Adam contuvo el aliento cuando le sostuvo con sus delicados dedos y le puso el preservativo. La besó, saboreando su dulzura, y la tumbó sobre la cama. Se tumbó a su lado y le presionó los labios contra la clavícula antes de lamerle un pezón. Le abrió las piernas y movió los dedos en círculo en el centro de su cuerpo. Melanie gimió de placer. Adam bajó más la mano y la encontró más preparada de lo que esperaba.

–Hazme el amor, Adam –murmuró ella–. Necesito sentirte.

No era solo la apretada agenda lo que le llevó a obedecer. El deseo que exudaba su voz alimentaba el flujo de sangre entre sus piernas.

Se acomodó entre sus muslos y la miró a los ojos mientras entraba en ella. Estaba increíblemente caliente, su cuerpo respondió al suyo con sutiles escalofríos. Adam forcejeó contra la oleada de placer que se apoderó de él.

Melanie le rodeó con las piernas. Él quería tomarse su tiempo, pero no tenían mucho y ya había percibido que ella necesitaba más. Melanie arqueó la espalda y alzó las caderas para recibirle. Ella ladeó la cabeza y cerró los ojos. Adam la besó en el cuello y la penetró más profundamente. Sabía que su orgasmo estaba a punto de llegar. Melanie le clavó los dedos en la espalda y su respiración se volvió más agitada.

Tenía todo el cuerpo tirante como una goma estirada al límite. Los músculos internos le urgían a ir más deprisa. En cuanto ella se dejó ir, Adam la siguió. Sucumbió a las oleadas de placer que se apoderaron de él una y otra vez hasta que se fueron desvaneciendo poco a poco. Se tumbó al lado de Melanie jadeando.

–Ha sido increíble, pero estoy deseando que acabe la gala y podamos tener toda la noche –afirmó.

–Y no olvides que mañana es domingo. No tenemos que vestirnos en todo el día si no queremos.

Adam le pasó la mano por la nuca y la besó en la coronilla.

–Me encanta cómo funciona tu cerebro.

–A mí me encantas tú –Melanie se apoyó en el codo y miró el reloj–. Odio tener que decir esto, pero tenemos que ponernos en marcha. El coche que viene a recogerme estará aquí en quince minutos –le dio un breve beso en los labios, se levantó de la cama y empezó a rebuscar en la ropa que había dejado sobre la silla.

Adam agarró los calzoncillos del suelo, pensando en lo que había dicho. El coche. Su limusina y su chófer todavía estaban abajo esperando. Dejando a un lado las cuestiones prácticas, ir a la fiesta separados resultaba ridículo.

–No tienes sentido que vayas en otro coche.

Melanie se puso un traje de seda negra mientras él se metía los pantalones y la camisa.

–Sí lo tiene. Los dos estaremos sin pareja esta no-

che, y cuando estés listo se lo contarás a tus padres –le
dio la espalda–. ¿Puedes ayudarme con esto?

Adam le subió la cremallera.

–Ni hablar. Vamos a ir a la fiesta juntos. Como pareja.

Melanie se dio la vuelta y le miró con expresión
aterrorizada.

–No, Adam. Es una locura. Todo el mundo espera
que esta noche te bajes de la limusina con Julia. Ya es
bastante malo que ella no vaya a estar allí. Pero será
diez veces más escandaloso si yo voy de tu brazo.

–No me importa –Adam se abrochó la camisa–. No
quiero esperar más. No lo haré. Te amo y tú me amas, y
si al resto del mundo no les parece bien, peor para ellos.

Melanie se puso unos zapatos negros de tacón. Le
encantaban sus piernas. Estaba deseando que llegara la
noche para volver a sentirlas entrelazadas en su cuerpo.

–Es muy fácil para ti tener esa actitud caballeresca
–afirmó ella poniéndose los pendientes–. Tu cabeza no
va a ser la primera que tu padre arranque. Será la mía.

–No voy a permitirle que haga nada semejante.
Esto es cosa mía. Tú cumpliste tu parte del trato.

–Es muy amable por tu parte, pero tú no firmaste un
contrato. Lo hice yo –Melanie corrió al espejo que había sobre la cómoda y se atusó el peinado. Luego empezó a sacar cosas de un bolsito negro.

Adam se le acercó por detrás y la tomó de los hombros, estableciendo contacto visual con ella a través del
espejo. Aquella era la primera vez que se miraban juntos como una pareja. Y él no necesitaba ver nada más.

–Ya basta de fingir y de preocuparse de lo que piensan los demás. Esta noche termina todo.

147

Capítulo Doce

Melanie había hecho cosas atrevidas en su vida, pero esta era la más osada. En la que era probablemente la noche más importante de sus vidas profesionales, Adam y ella iban a presentarse como pareja delante de los medios y de la familia de él. Atrevido o no, el amor parecía ser un riesgo aceptable.

Un aluvión de flashes de cámara cayó sobre ellos en cuanto Adam abrió la puerta de la limusina, seguido de un griterío.

—¡Julia, Adam! ¡Aquí!

Por supuesto, Melanie no era la mujer que estaban esperando. Salió del coche detrás de Adam, la vergüenza amenazaba con apoderarse de ella, pero decidió mantener la cabeza bien alta. Podía hacer aquello. Tenía que hacerlo si quería estar con Adam, y era lo que más deseaba.

Se escuchó un murmullo entre la multitud cuando Melanie pisó la alfombra roja. Una vez se escucharon exclamaciones.

—¿Dónde está Julia?

Adam le apretó con fuerza la mano para recordarle que estaba allí para apoyarla si lo necesitaba. Melanie esperaba que pasara a toda prisa por la alfombra, pero no lo hizo. Avanzó unos pasos con gesto tranquilo y se paró frente a la prensa.

—Me gustaría presentaros a Melanie Costello. Está a cargo de mis relaciones públicas.

—¿Dónde está Julia?

—Eso tendréis que preguntárselo a ella. Ya no estamos juntos, pero ha sido una ruptura amistosa.

La letanía de flashes regresó con más fuerza, pero Melanie no se acobardó. Estaba demasiado ocupada sonriendo a su futuro marido.

—¿Melanie es tu nueva novia? —preguntó una fotógrafa.

—Digamos que a última hora de la noche anunciaremos algo —Adam se inclinó y le dio a Melanie un beso en la mejilla.

Melanie no podía creer que aquello estuviera ocurriendo. Todo era como un sueño.

Se pusieron otra vez en marcha por la alfombra roja mientras otros invitados llegaban detrás de ellos. La gente que había delante se apartó, dejándoles paso y dejando claro que su destino era encontrarse frente a frente con Roger y Evelyn Langford.

Adam le susurró al oído:

—No pasa nada. Déjame hablar a mí. Por una vez.

Melanie sonrió, pero tenía un nudo en el estómago. Roger podía decir cualquier cosa frente a un salón de baile lleno de gente rica y poderosa. Podía destrozar su carrera con una frase si quisiera. Aunque Melanie fuera a casarse con Adam, no iba a tirar por la borda la empresa que había creado.

—Papá, mamá —dijo Adam cuando llegaron a la entrada del gran salón de baile.

Roger tenía las mandíbulas apretadas, como si estuviera masticando una bala.

—Tenemos que hablar. Ahora —la furia de su voz apenas quedaba disimulada por una sonrisa.

—Tienes razón. Tenemos que hablar —Adam miró a su alrededor. Había muchas miradas clavadas en ellos—. A solas.

—Hay un salón de baile más pequeño al lado de este —Melanie señaló la esquina más lejana de la sala—. Está vacío.

Ella abrió camino, sujetando con fuerza la mano de Adam. El corazón le latía en la garganta. Todo el mundo murmuraba cuando pasaban a su lado.

En cuanto las puertas se cerraron tras ellos, Roger clavó la vista en Melanie.

—Usted firmó un contrato —señaló las manos entrelazadas de Melanie y Adam—. Y está claro que no lo ha cumplido. La mañana que fui al apartamento de Adam no había pasado por ahí para hablar con él de trabajo. Había pasado la noche con él —Roger sacudió la cabeza con disgusto—. Pobre Julia.

—Papá, por favor, no le hables así a Melanie. Y además, no te conviene angustiarte. Aspira con fuerza el aire y escúchame —le pidió con voz firme.

Evelyn Langford, vestida con un traje de cóctel azul medianoche y un precioso collar de diamantes, agarró a su marido del brazo.

—Cariño, al menos deja que Adam se explique.

Roger se cruzó de brazos.

—Adelante entonces. Y más te vale hacerlo bien.

Adam echó los hombros hacia atrás y tomó aire.

—Papá, lo de Julia era un montaje y tú lo sabías, pero te negaste a creerme. Siempre he sido sincero contigo al respecto —apretó la mano de Melanie.

Roger parecía alicaído, pero Evelyn asintió.

–Tienes que entender a tu padre, Adam. Se había hecho a la idea de que habías encontrado una esposa mientras él estaba todavía aquí para verlo.

Anna entró en la sala con un vestido negro sin tirantes.

–Estáis aquí. Todo el mundo se pregunta dónde os habéis metido.

–Estamos hablando de las cosas que tu hermano ha decidido hacer para que esta noche sea de lo más estresante –afirmó Roger.

Adam mantuvo firme la mano de Melanie.

–Asumo la responsabilidad de cualquier consecuencia que traiga esta noche, pero si ese es el precio que tengo que pagar por estar con Melanie, lo pagaré. La amo demasiado para seguir ocultándolo.

A Anna se le iluminaron los ojos.

–Sabía que algo estaba pasando –aseguró–. Me di cuenta al ver cómo hablaba Melanie de Adam. Y no me sorprende que él esté enamorado. Es inteligente, guapa y una gran mujer de negocios.

Fue un gran alivio ver que alguien de la familia Langford aparte de Adam estaba de su lado.

–Papá, amo a Melanie. Le he pedido que se case conmigo y me ha dicho que sí.

–¿Vais a casaros? Si solo hace un mes que os conocéis –protestó Roger.

Adam besó a Melanie en la mejilla y luego volvió a girarse hacia su padre otra vez.

–Melanie me entiende y se preocupa por mí. Será una compañera de verdad, y eso es lo único que quiero.

Evelyn se aclaró la garganta.

—Cariño, ¿tengo que recordarte que nosotros nos prometimos después de dos meses?

Roger suspiró por toda respuesta.

—Papá, yo solo quiero que te alegres por mí, por nosotros —continuó Adam—. Melanie es la mujer más increíble que he conocido en mi vida, y va a formar parte de esta familia.

—Eso es lo más importante, papá —intervino Anna—. Tenemos que darle la bienvenida a Melanie en nuestra familia. Anunciar el compromiso a bombo y platillo esta noche pase lo que pase.

—Sé que quieres que Adam se case —dijo Evelyn con los ojos llenos de lágrimas—. Y has hablado maravillas de Melanie desde el día que la contrataste. No veo dónde está el problema ahora que conoces la verdad —se giró hacia la pareja—. ¿Podemos acelerar la boda para que tu padre pueda asistir?

Adam miró a Melanie a los ojos y sonrió.

—Claro —afirmó—. Pero hay una cosa más que papá tiene que escuchar.

Adam se acercó más a su padre y le puso una mano en el hombro. Había llegado el momento de la verdad.

—No puedo dirigir LangTel. Te amo y sabes que haría cualquier cosa por ti, pero no puedo vivir tu sueño. Y lo más importante, el sueño de Anna es dirigir la empresa, y no puedo quedarme sentado y ver cómo pierde su oportunidad.

Su padre ni siquiera fingió sorprenderse.

—¿Estás convencido de ello?

—Tendría que haber sacado el tema, pero quería que fueras feliz. Te quiero, papá, y quiero que estés orgulloso de mí —al ver la expresión de su padre se le llenaron los ojos de lágrimas. Abrazó a su padre–. LangTel seguirá siendo una empresa de la familia si Anna la dirige. Y de todas maneras puede conocer al hombre perfecto y casarse con él.

Anna carraspeó.

–Eh, eso no se sabe.

Adam se rio.

–Estaré allí cuando Anna me necesite, pero tengo la sensación de que no me va a necesitar. Va a salir bien. Estoy seguro. No dejaré que pase nada malo. Lo prometo.

Su padre suspiró profundamente.

–Ojalá fuera tan sencillo. Pero necesitas la aprobación de la junta directiva para hacer eso, hijo.

–Lo sé. Yo asumiré el mando de la empresa, y cuando las cosas estén estables y tenga la confianza total de la junta, quiero nombrar directora a Anna. Y quiero contar con tu bendición. Creo que Anna y yo nos sentiríamos mejor sabiendo que tú lo apruebas.

Roger se quedó mirando a sus hijos.

–Tenéis mi bendición –dijo finalmente.

Anna se apresuró a abrazar a su padre. Adam la siguió y lo abrazaron juntos.

–Hablando de bendiciones –intervino Evelyn–. Melanie no ha sido recibida todavía como se merece.

Melanie sonrió cuando Evelyn la abrazó bajo la atenta mirada de Roger.

–Siento haber empezado la noche con mal piel –dijo Roger–. Siempre me ha caído usted bien, señorita Costello.

–Gracias, señor, se lo agradezco.

Adam le pasó a Melanie el brazo por el hombro.

Roger miró a su mujer.

–Parece que después de todo va a haber una boda, Evelyn. Y vamos a tener una nuera estupenda.

–Yo diría que somos afortunados –dijo Evelyn mirando a Roger a los ojos.

–Así es –confirmó él–. Y nada me gustaría más que sentarme a hablar de ello, pero me temo que hay un salón de baile lleno de gente esperándome.

Adam asintió vigorosamente.

–Es la hora.

Roger subió lentamente los escalones del podio con Evelyn a su lado. Melanie y Adam ocuparon sus lugares en la cabecera de la mesa con Anna. El padre de Adam comenzó su discurso.

–Quiero daros las gracias a todos por estar aquí con nosotros en esta noche tan importante para la historia de LangTel. Quiero anunciar formalmente que, a falta de la aprobación final de la junta directiva, mi hijo Adam ocupará el puesto de director.

La gente aplaudió con entusiasmo.

–El relevo va a producirse lo antes posible –continuó Roger–. Porque tengo que anunciaros también que mis médicos han diagnosticado que mi cáncer es terminal.

Se hizo un silencio completo en la sala.

–Pero esta noche quiero hablar del futuro de Lang-Tel –afirmó Roger con voz firme–. Me gustaría invitar a mi hijo Adam, del que tan orgulloso me siento, a subir al escenario a hablar. Creo que tiene buenas noticias de carácter personal que compartir con todos –Roger se bajó del podio y abrazó a Evelyn.

Adam se inclinó hacia Melanie y habló en voz alta para hacerse oír por encima de los aplausos.

–Tú subes conmigo. Mis padres están juntos en el escenario, y nosotros vamos a hacer lo mismo –la tomó de la mano.

Melanie se quedó con sus padres mientras él ocupaba su lugar tras el podio.

Adam miró el mar de rostros.

–Seré rápido, porque sé que todo el mundo prefiere ponerse a cenar que escucharme.

La gente se rio, y Adam se sintió más cómodo.

–Me gustaría darle las gracias a mi padre por su confianza. Estoy emocionado con este nuevo reto y no decepcionaré ni a mi padre ni a LangTel. Y en cuanto a la buena noticia que mi padre ha mencionado, quiero anunciar mi compromiso con Melanie Costello. Queremos celebrar una gran boda y pasar el resto de nuestra vida juntos.

Todo el mundo aplaudió y Adam invitó a Melanie a subir. Le pasó el brazo por la cintura.

–Dicho esto, muchas gracias a todos por venir. Por favor, disfrutad de la velada.

Varios miembros de la junta los esperaban cuando bajaron del escenario. Adam no recibió más que halagos y buenos deseos por parte de todos lo que hablaron con él. Era un gran alivio.

Después de cenar, Adam tomó la mano de Melanie y la llevó a una esquina relativamente tranquila.

–¿Cuánto tengo que esperar para poder irnos y quitarte ese vestido?

–Creo que deberíamos esperar hasta medianoche, y luego podemos irnos.

El cuerpo de Adam se estremeció ante la idea y ante la preciosa criatura que tenía al lado.

–El año que viene va a ser maravilloso, pero también muy duro. Seguramente perderemos a mi padre y tendré que convencer a la junta directiva de que es buena idea volver a cambiar de director.

Melanie sonrió con dulzura.

–Y también tenemos una boda que planear. Lo superaremos todo. Sé que lo conseguiremos. Juntos.

–Esta noche no habría sido posible sin ti. De verdad. Y tenemos que fomentar Relaciones Públicas Costello. Necesitas un influjo de efectivo para poder contratar personal y centrarte en lo que mejor se te da.

–¿Y qué es lo que mejor se me da?

–El mundo de las relaciones públicas. Eres la única persona que conozco capaz de convencer al mundo de que tengo un lado bueno.

–Te he visto desnudo, Adam Langford –Melanie le dio un beso en el cuello, provocándole un escalofrío por todo el cuerpo–. Créeme, tienes más de un lado bueno.

Deseo

PERDIENDO EL CONTROL

ROBYN GRADY

Para Cole Hunter, magnate de los medios de comunicación, hacerse cargo de los problemas era algo natural. Y eso incluía tratar con Taryn Quinn, una obstinada productora de televisión. Aunque a Cole no le gustaba su idea para un programa de viajes, Taryn lo intrigaba, y decidió acompañarla a una remota isla del Pacífico para buscar localizaciones.

Rápidamente ella hizo que Cole se olvidara de todo… excepto de hacer el amor con ella a la luz de la luna. Sin embargo, ¿se arriesgaría a perder todo por lo que había luchado por mantener a Taryn en su vida?

«Trabajarás para mí»

¡YA EN TU PUNTO DE VENTA!

Acepte 2 de nuestras mejores novelas de amor GRATIS

¡Y reciba un regalo sorpresa!

Oferta especial de tiempo limitado

Rellene el cupón y envíelo a
Harlequin Reader Service®
3010 Walden Ave.
P.O. Box 1867
Buffalo, N.Y. 14240-1867

¡Si! Por favor, envíenme 2 novelas de amor de Harlequin (1 Bianca® y 1 Deseo®) gratis, más el regalo sorpresa. Luego remítanme 4 novelas nuevas todos los meses, las cuales recibiré mucho antes de que aparezcan en librerías, y factúrenme al bajo precio de $3,24 cada una, más $0,25 por envío e impuesto de ventas, si corresponde*. Este es el precio total, y es un ahorro de casi el 20% sobre el precio de portada. !Una oferta excelente! Entiendo que el hecho de aceptar estos libros y el regalo no me obliga en forma alguna a la compra de libros adicionales. Y también que puedo devolver cualquier envío y cancelar en cualquier momento. Aún si decido no comprar ningún otro libro de Harlequin, los 2 libros gratis y el regalo sorpresa son míos para siempre.

416 LBN DU7N

Nombre y apellido	(Por favor, letra de molde)
Dirección	Apartamento No.
Ciudad	Estado Zona postal

Esta oferta se limita a un pedido por hogar y no está disponible para los subscriptores actuales de Deseo® y Bianca®.
*Los términos y precios quedan sujetos a cambios sin aviso previo.
Impuestos de ventas aplican en N.Y.

SPN-03   ©2003 Harlequin Enterprises Limited

Bianca

Lo único que quería para Navidad ese hombre que tenía de todo era ¡volver a tener a su esposa en la cama!

El día de Nochebuena, Melody James salió del hospital para comenzar una nueva vida sin Zeke, su poderoso y carismático esposo. Se había recuperado de las lesiones que habían terminado con su carrera de danza, y con su matrimonio, pero su corazón seguía hecho pedazos.

Zeke, el magnate, había luchado mucho para ser el mejor, abriéndose camino desde la nada, y estaba dispuesto a luchar para recuperar a Melody. Dispuesto a seducirla, la llevó a una impresionante suite de Londres...

Melodía en el corazón

Helen Brooks

Deseo

PÉTALOS DE AMOR

YVONNE LINDSAY

Aunque hubieran pasado meses de su apasionado idilio, Dylan Lassiter no dejaba de pensar en Jenna Montgomery. Tal vez porque para el famoso chef y consumado playboy había llegado el momento de sentar cabeza. O tal vez porque Jenna se había quedado embarazada de él.

Cuando la atractiva florista se negó a casarse, Dylan decidió emplear todas sus armas de seducción. Pero cuando empezaba a conquistarla salió a la luz el escandaloso secreto que Jenna ocultaba. Ahora Dylan podía perder a la mujer que amaba y al hijo que esta llevaba dentro.

Nadie le decía que no a un Lassiter

¡YA EN TU PUNTO DE VENTA!